Sven Gerhardt

Die Heuhaufen-Halunken

Volle Faust aufs Hühnerauge

Sven Gerhardt

Die Heuhaufen-Halunken

Volle Faust aufs Hühnerauge

Mit Illustrationen von
Vera Schmidt

cbj

Bei diesem Buch wurden die durch das verwendete Material und die Produktion entstandenen CO_2 -Emissionen ausgeglichen, indem der cbj Verlag ein Projekt zur Aufforstung in Brasilien unterstützt. Weitere Informationen zu dem Projekt unter: www.ClimatePartner.com/14044-1912-1001

MIX
Papier | Fördert gute Waldnutzung
FSC® C083411
FSC www.fsc.org

Penguin Random House Verlagsgruppe FSC® N001967

Wir produzieren Klimaneutral
ClimatePartner.com/14044-1912-1001
Druckprodukt

– Für die „Halunken" aus der Haspelstraße –

2. Auflage

Innenillustrationen und Cover: Vera Schmidt
Umschlagkonzeption: Sandra Filić / Illustration Pfeil: Freepik.com
AW · Herstellung: AJ
Satz: Uhl + Massopust, Aalen
Reproduktion: ReproLine Mediateam, München
Druck: CPI books GmbH, Leck
ISBN 978-3-570-17419-7
Printed in the EU

www.cbj-verlag.de

Inhalt

Kapitel 1

Mit 'nem Kuhfladen am Schuh,
hast du vor Fliegen keine Ruh

»Dieses Kaff nervt«, brüllte Meggy, als sie in Dümpelwalde aus dem Schulbus stieg und direkt in einen saftigen Kuhfladen trat. Doch eigentlich nervte sie nicht ihr Heimatdorf und auch Kuhfladen am Schuh störten sie normalerweise nicht. Wenn man in einem Dorf am Ende der Welt wohnte, gehörten dreckige Schuhe einfach zum Leben dazu. Wobei, das Ende der Welt war Dümpelwalde noch nicht. Das war wohl eher das fünf Kilometer entfernte Dorf Sumpflitz. Da führte nämlich nur eine Straße hinein, die dann schließlich in einem Acker endete. Aber beide Dörfer waren umgeben von weiten, saftigen Wiesen und einer Unmenge an Ap-

felbäumen. Also eigentlich eine wirklich schöne Gegend. Deshalb war der wahre Grund für Meggys miese Laune auch nicht Dümpelwalde oder irgendein dahingeplumpster Kuhfladen, sondern die berüchtigten Miesmann-Zwillinge aus Sumpflitz. Mit denen hatte sich Meggy nämlich am Morgen in der Schule angelegt. Genauer gesagt mit Siggi Miesmann, dem älteren der beiden Brüder. Aber da es die beiden nur im Doppelpack gab und sie zudem die Anführer einer Horde übler Raufbolde aus Sumpflitz waren, hatte Meggy nun ein ordentliches Problem an der Backe. Aber hätte Siggi Miesmann Meggy nicht eine feige Möchtegern-Gangsterin genannt, dann hätte Meggy ihm auch nicht ihr Schmierkäsebrot mit Gurkenscheiben auf die Jacke gedrückt. Und wenn der Aufsichtslehrer das Ganze nicht beobachtet und die beiden zur Vernunft gebracht hätte, wäre aus der Sache vermutlich die größte Schulhofschlägerei der Weltgeschichte geworden.

Aber die Miesmann-Zwillinge hatten natürlich bittere Rache geschworen und wollten in den nun beginnenden Ferien einen Angriff starten, der sich gewaschen hatte.

»Dass du dich aber auch immer so leicht provozieren lässt«, sagte Schorsch, Meggys jüngerer Bruder, als sie von der Bushaltestelle nach Hause trotteten.

Meggy wusste, dass Schorsch recht hatte. Dass Siggi Miesmann sie eine Möchtegern-Gangsterin nannte, hätte sie eigentlich komplett kaltlassen können. Immerhin war spätestens seit diesem Sommer im ganzen Umland bekannt, dass Meggy die Anführerin einer sagenumwobenen Bande war, die Autos knacken konnte und mittlerweile sogar über eine Filiale in Berlin verfügte. Sie war die Anführerin der Heuhaufen-Halunken!

Meggy

- richtiger Name: Margarethe
- Alter: 10
- Berufswunsch: Gangsterbraut
- Anführerin und kreativer Kopf der Bande
- Halunken-Spezialität: Pläne schmieden und Aufgaben verteilen

Schorsch (Meggys Bruder)

- richtiger Name: Georg
- Alter: 8
- Berufswunsch: Profiboxer
- ist extrem frech, aber manchmal auch extrem nett
- Halunken-Spezialität: bekommt mit seinen Fäusten jede Tür auf

Knolle*

- richtiger Name: Ben
- Alter: 9
- Berufswunsch: Restaurant-Tester
- ist etwas faul und träge
- Halunken-Spezialität: Gaunereien, die irgendwas mit Essen zu tun haben

* Seinen Spitznamen hat Knolle als kleines Baby bekommen. Damals hatte er nämlich eine Nase, die aussah wie eine Kartoffel. Das Beweisfoto hängt noch bei ihm zu Hause im Wohnzimmer. Mittlerweile sieht seine Nase aber ganz normal aus.

Alfons

- Alter: 10
- Berufswunsch: darüber macht er sich noch keine Gedanken
- ist sehr schlau, aber manchmal etwas dickköpfig
- Halunken-Spezialität: er kann einfach alles besorgen

Lotte (Cousine von Meggy und Schorsch)

- Alter: 5
- Berufswunsch: auf keinen Fall Prinzessin!
- hat es als Nachwuchs-Halunke faustdick hinter den Ohren
- Halunken-Spezialität: wenn sie ihr zuckersüßes Lächeln aufsetzt, kann ihr niemand böse sein

Marius

- Alter: 10
- wohnt in Berlin und ist neuestes Mitglied der Heuhaufen-Halunken
- Berufswunsch: irgendwas mit Computern
- ist ziemlich schüchtern, aber dafür extrem lernfähig
- Halunken-Spezialität: Internet-Recherche

»Hallo ihr beiden. Ich habe eine gute und eine schlechte Nachricht für euch«, sagte Meggys Mutter, als sich Meggy und Schorsch auf die Stühle in der Küche plumpsen ließen. Es roch mal wieder herrlich nach frischem Apfelkuchen. Meggys Mutter zauberte nämlich jeden Tag irgendwelche Leckereien aus Äpfeln, die sie dann in ihrem »Rollenden Apfelcafé« verkaufte. Dieses rollende Café war ein umgebauter alter Volvo, der bis zum Sommer noch in der Scheune gestanden hatte und für lange Zeit das Bandenquartier der Heuhaufen-Halunken gewesen war. Nachdem die Halunken eine unerlaubte Spritztour mit dem Wagen unternommen hatten, die in Bauer Kunzes Zaun endete, hatten Meggys Eltern das alte Auto gemeinsam mit den Kindern wieder in Schuss gebracht. Aber das ist eine andere Geschichte. Jedenfalls klapperte Meggys Mutter seitdem damit die umliegenden Dörfer ab und verkaufte jede Menge Gebäck, selbst gemachte Marmeladen und leckeren Kaffee.

»Zuerst die gute Nachricht!«, forderte Meggy und schnappte sich einen Butterstreusel, der vom Kuchen auf den Tisch gerollt war. Schorsch sah sie dabei neidisch an.

»Alfons und Marius kommen nun doch wie geplant über die Ferien nach Dümpelwalde. Sie reisen morgen an!«

Meggy und Schorsch jubelten und die schlechte Stimmung von eben war verflogen. Alfons und Marius, die die Filiale der Heuhaufen-Halunken in Berlin bildeten, hätten nämlich um ein Haar ihre Reise nach Dümpelwalde abblasen müssen, weil Marius' Mathenote in den Keller gerauscht war und sein Vater ihn in einem Nachhilfecamp anmelden wollte. Glücklicherweise waren da aber alle Plätze belegt und so konnten die beiden nun doch wie geplant die Ferien auf dem Land verbringen. Allerdings nur unter der Bedingung, dass Marius jeden Tag zwei Stunden Mathe büffeln sollte.

»Und was ist die schlechte Nachricht?«, wollte nun Schorsch wissen. Sein freudiger Gesichtsausdruck wurde dabei schlagartig ernster.

»Na ja«, druckste seine Mutter herum, »beim ganzen Apfelkuchenbacken habe ich total vergessen, die Grünkernbratlinge und den Wirsing fürs Mittagessen vorzubereiten.« Sie schnaufte enttäuscht. »So wie es aussieht, wird es heute also leider nur Pommes mit Chicken-Nuggets geben.«

Schorsch sah Meggy grinsend an, und beide sagten fast gleichzeitig: »Es gibt schlimmere Nachrichten.«

Kapitel 2

Sind deine Freunde alle da,
werden die Ferien ganz wunderbar

Die Freude war riesig, als am nächsten Tag der große schwarze Geländewagen von Marius' Vater auf den Hof rollte. Alfons und Marius sprangen aus dem Wagen und wurden von Meggy, Schorsch, Knolle und Lotte herzlich begrüßt. Die Heuhaufen-Halunken waren nun endlich wieder komplett! Klar, dass die Kinder sich direkt in ihr Bandenquartier in der Scheune von Meggys Eltern verzogen. Da der alte Volvo nicht mehr zur Verfügung stand, hatten sich die Halunken das Quartier neu einrichten müssen. Hinter einem großen Stapel Heuballen befand sich nun eine gemütliche Sitzecke, bestehend aus einem alten

Sofa, einem kleinen Tisch und einigen Obstkisten, die mit Kissen bestückt ideale Sitzgelegenheiten boten. Das Tollste jedoch war der kleine Kühlschrank, den Knolles Eltern zur Verfügung gestellt hatten. Die besaßen nämlich sage und schreibe neun von den Dingern, die von oben bis unten mit Wurst vollgestopft waren. Da Knolles Vater Strom sparen wollte, hatte er sich zumindest von einem der Kühlschränke getrennt. Der roch beim Öffnen zwar noch ziemlich nach Salami, aber das würde sich mit der Zeit geben. Statt Wurst befanden sich in dem Kühlschrank der Kinder nun jede Menge Apfelsaftflaschen und hin und wieder etwas Kuchen, den Meggys Mutter oder auch Oma Hertha sponserten.

Oma Hertha war eigentlich die Oma von Marius, aber auch für die anderen Heuhaufen-Halunken war sie die netteste Oma des ganzen Ortes und hatte bei den Dorfbewohnern schon oft ein gutes Wort für die Kinder eingelegt, wenn die mal wieder ein krummes Ding gedreht hatten.

Als die Heuhaufen-Halunken nun allesamt in ihrem Quartier saßen, musste Meggy an den Tag denken, als Marius das erste Mal in der Scheune aufgetaucht war. Damals hielt sie ihn noch für ein verwöhntes Stadtkind und hatte ihm sogar Schläge angedroht. Marius hingegen hatte die

Halunken angelogen und sich als berüchtigter Berliner Kleinganove ausgegeben, der sogar Autos knacken konnte. Aber Marius war kein verwöhntes Stadtkind und schon gar kein Gangster, sondern einfach nur ein Junge, der neue Freunde gesucht hatte. Und die hat er schließlich in den Heuhaufen-Halunken gefunden.

»Und, Alfons, schön, mal wieder frische Landluft einzuatmen?«, fragte Meggy und nahm einen tiefen Atemzug.

»Oh ja!«, antwortete Alfons, doch im gleichen Moment

donnerte Bauer Kunzes Traktor an der Scheune vorbei, voll beladen mit dampfender Gülle. Der Gestank zog durch die schiefen Bretter der Scheune in ihr Quartier. »Oder auch nicht!«, korrigierte sich Alfons schnell und hielt sich die Nase zu.

Meggy fing an zu lachen. »Du verweichlichter Stadtfuzzi bist einfach nichts mehr gewohnt!«, scherzte sie und klopfte ihm auf die Schulter. Dann sah sie zufrieden in die Runde. »Schön, dass nun alle wieder da sind!«

Nachdem sich die Kinder mit gekühltem Apfelsaft versorgt hatten, berichteten Alfons und Marius, wie es ihnen in den letzten Wochen in Berlin ergangen war.

Die beiden gingen nun in eine Klasse und das war wirklich perfekt. Marius hatte in Alfons endlich einen Freund gefunden und half ihm dabei, sich in Berlin einzuleben. Anfangs war das schwer für Alfons, weil das Leben in dieser riesigen Stadt so völlig anders war als in Dümpelwalde. Überall waren Menschenmassen, die Straßen waren voller Autos und an den Lärm musste er sich auch erst mal gewöhnen. Die Freunde wohnten zwar nicht im gleichen Viertel, aber sie trafen sich so oft es ging. Meistens bei Marius, denn der lebte in einem riesigen Haus mit einem großen Garten, in dem sich sogar ein Swimmingpool befand. Trotzdem war Alfons wirklich froh, nun wieder in Dümpelwalde zu sein. Aber irgendwie fühlte es sich auch komisch an, weil er hier gar kein richtiges Zuhause mehr hatte. Das Haus, in dem er noch bis zum Sommer mit seinen Eltern gewohnt hatte, stand nun leer. Vermutlich würde es erst mal komplett renoviert werden, bevor jemand anders dort einzog. Die Ferien über wohnte Alfons deshalb gemeinsam mit Marius bei Oma Hertha.

»Wir haben euch was mitgebracht«, sagte Marius schließlich und griff in seinen Rucksack. »Die haben Alfons und ich gemeinsam ausgesucht.« Er überreichte Meggy, Schorsch, Knolle und Lotte jeweils einen Schlüsselanhänger, auf dem das Brandenburger Tor abgebildet war.

»Die Frau da oben drauf im Wagen ist so eine komische Siegesgöttin«, erklärte Alfons. »Die hat mich irgendwie an dich erinnert, Meggy!«

»Haha, sehr witzig«, meinte Meggy schmunzelnd, und die anderen lachten sich schief.

Doch weil die Heuhaufen-Halunken nicht nur zum Spaß in ihrem Quartier saßen, holte Meggy schließlich ihr Notizbuch hervor. Darin notierte sie alle Pläne der Heuhaufen-Halunken, und sie war die Einzige, die einen Blick in das Buch werfen durfte. Schließlich war sie die Chefin der Bande.

»Diese Ferien werden sicherlich nicht langweilig«, sagte sie und schaute die anderen ernst an. Dann erzählte sie von der Sache auf dem Schulhof und der Drohung der Miesmann-Zwillinge.

Knolle, der gerade wieder einen seiner geliebten Müsliriegel verdrückte, blieb dabei der Bissen im Halse stecken.

»Waf? Bie Miefmamm-Pfillinge?«, schmatzte er, und einige Müslibrocken landeten dabei auf dem Tisch.

Meggy verzog das Gesicht. Aber sie wusste auch, dass Knolle auf die Miesmann-Zwillinge besonders schlecht zu sprechen war. Vor zwei Jahren, auf dem Sumpflitzer Dorffest, hatte Siggi Miesmann Knolle nämlich ordentlich vermöbelt. Und das nur, weil Knolle während der Fahrt mit dem Kettenkarussell eine riesige Portion Zuckerwatte mampfte. Bei einer besonders schnellen Runde flutschte ihm die Watte vom Holzstab und landete ausgerechnet im Gesicht von Siggi Miesmann, der mit seinen Jungs unter dem Kettenkarussell stand und übertrieben cool in die Gegend glotzte. Beim Sumpflitzer Dorffest führte sich Siggi nämlich immer wie der König des Rummelplatzes auf. Und ein König konnte einen Angriff mit Zuckerwatte natürlich nicht einfach so auf sich sitzen lassen. Nach der Abreibung, die Knolle anschließend bekam, hatte er nie wieder Zuckerwatte angerührt.

»Diese geklonten Hohlbirnen sollen ruhig kommen!«, schimpfte Alfons. Auch er war auf die Miesmann-Zwillinge nicht besonders gut zu sprechen. Er hatte vor allem mit Robbi, dem jüngeren der beiden Zwillinge, noch ein Hühnchen zu rupfen. Dieser war im Gegensatz zu Siggi eher schmächtig und klein, aber dafür umso gewitzter und hinterhältiger. Robbi hatte Alfons letztes Jahr bei der Schulleiterin verpfiffen, als er einen Mitschüler auf der Toilette eingesperrt hatte. Dabei war die Einsperraktion absolut nötig gewesen. Immerhin hatte besagter Mitschüler in der Schulstunde zuvor behauptet, dass Alfons ständig pupsen würde und ihm von dem Gestank schlecht würde. Sein Mitschüler sollte nun auf der Toilette erleben, was wirklicher Gestank war. Doch weil Robbi die Sache petzte, bekam Alfons eine saftige Strafarbeit. Er musste einen ausführlichen Aufsatz über Hygiene und Sauberkeit in der Schule verfassen, der später sogar in der Schülerzeitung veröffentlicht wurde. Was Alfons natürlich furchtbar peinlich war.

Nach all diesen Erlebnissen wussten die Heuhaufen-Halunken, dass die Drohung der Zwillinge also wirklich als ernst einzustufen war. Deshalb schrieb Meggy auch in großen Buchstaben in ihr Notizbuch:

DER FIESESTE MIESMANN-ABWEHRPLAN
ALLER ZEITEN

Kapitel 3

Droht der Nachbar dir mit Streit,
tut's ihm hinterher meist leid

Eine Zeit lang saßen die Halunken schweigend in ihrem Quartier. Jeder schien angestrengt darüber nachzudenken, wie sie die Rache der Zwillinge abwehren sollten. Nur Lotte war mit den Gedanken woanders. Sie betrachtete ein kleines grünes Etwas, das vermutlich aus ihrer Nase stammte, und überlegte, ob sie es wegschnippen oder lieber noch etwas zwischen den Fingern rollen sollte.

»Wie sollen wir etwas planen, wenn wir nicht mal wissen, wann und wie Siggi und seine Horde zuschlagen werden?«, brach Marius die Stille.

Knolle und Alfons nickten zustimmend. Meggy hatte

zwar inzwischen ihren berüchtigten Gangsterblick aufgesetzt, aber auch sie wusste nicht, wie sie nun vorgehen sollten. Es ärgerte sie immer schrecklich, wenn ihr nichts einfiel. Sie starrte auf die fast leere Notizbuchseite, auf der nur eine Überschrift stand.

»Angriff ist die beste Verteidigung!«, platzte es plötzlich aus Schorsch heraus. Er sprang auf und ballte die Fäuste. Lotte schnippte vor Schreck ihr grünes Etwas weg und beobachtete, wie es unter dem Sofa verschwand.

»Wir drehen den Spieß einfach um und fordern Siggi Miesmann zu einem Boxkampf heraus! Damit bestimmen wir, wann und wo das Ganze stattfindet!«

Alle, bis auf Meggy, waren sofort von dem Vorschlag begeistert. Von Kämpfen hielt sie nicht besonders viel. Sie wollte die Miesmann-Zwillinge lieber mit irgendeinem genialen Plan überlisten. Aber ihr wollte einfach keiner einfallen. Und vielleicht hatte Schorsch ja recht. Solche

Raufbolde konnte man am besten mit ihren eigenen Waffen schlagen.

Die anderen sahen Meggy gespannt an und warteten auf irgendeine Reaktion ihrer Chefin.

»Also gut«, sagte sie schließlich und blickte Schorsch ernst an. »Aber sag mir bitte nicht, dass du derjenige sein willst, der gegen Siggi Miesmann in den Ring steigt!«

»Natürlich werde ich mit ihm boxen!«, widersprach Schorsch sofort. »Ich habe in den letzten Wochen viel trainiert und weiß, wie man mit diesen Dingern hier umgeht!«

Er streckte seine roten Boxhandschuhe in die Höhe und fuchtelte mit schnellen Bewegungen in der Luft herum.

Meggy verdrehte die Augen. »Siggi wird Geschnetzeltes aus dir machen«, spottete sie und sah Alfons an. »Wie wäre es, wenn du gegen ihn antrittst?«

Doch bevor Alfons antworten konnte, platzte Schorsch der Kragen.

»Es war meine Idee und deshalb werde ich mit ihm kämpfen«, brüllte er. »Und wenn dir das nicht passt, dann mache ich bei der ganzen Sache eben nicht mehr mit!«

Meggy konnte es eigentlich gar nicht leiden, wenn man ihr als Chefin widersprach. Das hatte in der Vergangenheit vor allem Alfons zu spüren bekommen. Er war oft nicht Meggys Meinung gewesen. Und sie hatte ihm jedes Mal unmissverständlich erklärt, wer bei den Halunken das Sagen hatte. Doch als Meggy nun in Schorschs entschlossene Augen blickte, sah sie, wie ernst es ihrem Bruder war. Und vielleicht war es tatsächlich an der Zeit, dass sie ihm mehr Verantwortung übertrug.

»Was denkt ihr?«, fragte sie schließlich und sah in die schweigende Runde.

Alfons kratzte sich am Kinn. Er hätte nichts dagegen gehabt, sich mit Siggi Miesmann zu prügeln. Aber Boxen war ja noch mal eine andere Sache, und er wusste, wie sehr

Schorsch sich dafür interessierte. Seit er herausgefunden hatte, dass es in Dümpelwalde mal einen Profiboxer namens Kuno Hammerstein gegeben hatte, träumte Schorsch davon, in dessen Fußstapfen zu treten.

»Wenn Schorsch sich das zutraut, bin ich damit einverstanden«, sagte er schließlich.

Auch Marius nickte zustimmend. »Ich werde Schorschs Personal Trainer! Im Internet gibt es bestimmt eine Menge Trainingsvideos, mit denen wir ihn fit bekommen!« Er zog sein Smartphone aus der Tasche und fing direkt an zu suchen.

»Hau ihm richtig eins auf die Nase!«, sagte Knolle. »Und wenn er am Boden liegt, schmiere ich ihm noch 'ne Portion Zuckerwatte in die Haare!«

Lotte zuckte nur mit den Schultern. Sie verstand nichts vom Boxen und die Miesmann-Zwillinge kannte sie ohnehin nicht.

»Wie ihr meint«, sagte Meggy schließlich. »Dann lasst uns den großen Kampf planen!«

DER FIESESTE MIESMANN-ABWEHRPLAN ALLER ZEITEN

Operation Fliegende Fäuste – Phase 1:

- Angriff ist die beste Verteidigung. Wir werden Siggi Miesmann zu einem Boxkampf herausfordern. Schorsch wird gegen ihn antreten! (gemeinsam beschlossen)
- Marius wird Schorsch trainieren
- Wir müssen festlegen, wann und wo das Ganze stattfinden soll
- Anschließend die Miesmann-Zwillinge informieren

Den Rest des Tages verbrachten die Halunken damit zu überlegen, wo der Kampf stattfinden sollte. In der Scheune, in der sich das Bandenquartier befand, ging es natürlich nicht. Meggys und Schorschs Eltern durften nämlich nichts von der Sache mitbekommen. Wald und Wiesen kamen auch nicht infrage. Auch da war die Gefahr zu groß, dass irgendjemand von der Sache Wind bekam. Außerdem wollte Schorsch, dass der Kampf in einem richtigen Boxring stattfinden sollte.

»Lasst uns doch ein bisschen durchs Dorf gehen. Vielleicht fällt uns ja dann ein geeigneter Platz auf«, schlug Alfons vor. Und so zogen die Halunken durch Dümpelwalde, und Alfons genoss es richtig, am helllichten Tag mitten auf der Straße laufen zu können, ohne Angst haben zu müssen, überfahren zu werden. In Berlin war so etwas undenkbar. Aber in Dümpelwalde gab es in manchen Straßen nicht mal einen Bürgersteig. Doch leider gab es auch keinen Ort, der sich für einen geheimen Boxkampf eignete. Als sie am Rande des Dorfes ankamen, fiel Marius' Blick auf eine einsame kleine Scheune, die einige Hundert Meter entfernt hinter einem Feld zwischen zwei großen Bäumen hervorlugte.

»Wem gehört die?«

»Soweit ich weiß, Bauer Kunze«, antwortete Meggy. »Dem gehören hier fast alle Scheunen.«

»Lasst uns doch mal reinschauen«, meinte Marius und bog in einen schmalen Feldweg ein, der zur Scheune führte.

Bereits auf dem Weg zu dem etwas windschiefen Gebäude merkte man, dass es schon länger nicht mehr genutzt wurde. Überall wuchs dorniges Unkraut und um die Scheune herum lagen alte Reifen, krumme Bretter und jede Menge Bau-

schutt. So weit abgelegen vom Dorf, machte eine Scheune ja auch irgendwie wenig Sinn.

Alfons erreichte das Tor als Erster. Es war glücklicherweise nicht abgeschlossen. Alleine konnte er die große Holztür jedoch kaum bewegen. Mit vereinten Kräften schafften es die Halunken aber, die Tür einen Spalt zu öffnen, der so groß war, dass sie alle hindurchschlüpfen konnten. Durch die schmalen Ritzen in den Wänden fielen dünne Lichtstrahlen in das Gebäude, in denen der aufgewirbelte Staub sichtbar wurde.

»Perfekt!«, jubelte Schorsch, als sie den Innenraum betraten. »Ich würde sagen, dass das unsere Boxarena wird!«

Die Scheune war so gut wie leer. Nur in einer Ecke standen ein Stapel Reifen und zwei klapprige Stühle, von denen die Farbe abblätterte. Ein Fenster an der linken Seite war mit Brettern vernagelt und auf dem Boden lagen noch vereinzelt ein paar alte, dürre Strohhalme.

Auch die anderen Halunken waren begeistert. Die Scheune schien tatsächlich ideal für ihren Plan geeignet zu sein. Sie war weit genug vom Dorf entfernt, sodass niemand etwas mitbekommen würde, und sie bot genügend Platz für einen Boxring.

»Na, dann hoffen wir mal, dass die Scheune wirklich nicht mehr genutzt wird«, sagte Meggy und spürte ein leichtes Kribbeln im Bauch. Die Heuhaufen-Halunken würden in den nächsten Tagen richtig viel zu tun haben. Denn ohne Boxring kein Boxkampf. Und die Miesmann-Zwillinge mussten ja schließlich auch noch informiert werden.

Bevor sich die Kinder auf den Nachhauseweg machten, ließ Schorsch noch mal seinen Blick durch die Scheune schweifen. In seinen Gedanken sah er den Boxring schon vor sich. Und er war sich ganz sicher: Siggi Miesmann würde es noch leidtun, dass er seine Schwester herausgefordert hatte.

Kapitel 4

Wenn ein Esel bockt und zickt, sei besonnen und geschickt

Am Abend hatte Oma Hertha alle zum Essen eingeladen: die Eltern von Meggy und Schorsch, Knolles Eltern, Lottes Mutter und Marius' Vater – und natürlich auch die Kinder. Nur Alfons' Eltern konnten nicht mit dabei sein. Sie waren in Berlin geblieben, weil sie arbeiten mussten. Alfons' Vater hatte nach längerer Arbeitslosigkeit einen Job in der Firma von Marius' Vater bekommen und auch seine Mutter hatte eine Anstellung in einem Klamottenladen gefunden. Alfons hatte das Gefühl, dass seine Eltern seit dem Umzug nach Berlin so glücklich waren wie schon lange nicht mehr. Und obwohl Alfons selbst nie aus Dümpelwalde wegziehen wollte, gefiel ihm das Leben in Berlin mittlerweile ganz gut. Aber nun freute er sich einfach, hier in Dümpelwalde bei den besten Freunden zu sein, die man sich nur vorstellen konnte. Und die quetschten sich gerade alle in Oma Herthas kleine Küche, was total gemütlich war.

Der Tisch war voll von leckeren Sachen, und Knolles Augen leuchteten, als er die Würste, die verschiedenen Käsesorten und die frischen Brötchen sah. Auch Knolles Vater lief das Wasser im Mund zusammen.

Meggy schmunzelte und musste sofort an das gemeinsame Picknick denken, das sie alle in den Sommerferien auf Bauer Kunzes Wiese veranstaltet hatten. Mitten in der Nacht!

Damals hatten die Heuhaufen-Halunken versucht, mit dem alten Buckelvolvo zum Plörrsee zu fahren. Doch leider endete die Fahrt wie schon erwähnt auf dem Feld von Bauer Kunze. Oma Herthas Nachbarin Frau Grünow hatte das Ganze glücklicherweise beobachtet und anschließend die Eltern der Kinder informiert. Und weil Marius die komplette Schuld auf sich genommen hatte, hielt sich der Ärger mit ihren Eltern in Grenzen. Stattdessen machte man es sich mit dem Reiseproviant auf der Wiese gemütlich und veranstaltete einen Schmaus, von dem sich die Bewohner Dümpelwaldes vermutlich noch in vielen Jahrhunderten erzählen werden.

Meggy war richtig glücklich. Es waren Ferien, die Halunken waren vollständig und sie hatten einen neuen Plan. So gefiel ihr das Leben in Dümpelwalde, auch wenn sie natürlich immer noch davon träumte, später einmal als Gangsterbraut in San Francisco zu leben.

Am nächsten Tag saßen die Halunken wieder in ihrem Quartier, und Meggy verteilte die Aufgaben, die nun zu erledigen waren. Alfons und Knolle sollten sich um den Bau des Boxrings kümmern. Schorsch hatte ihnen dafür ein Bild aufgemalt, wie er sich das Ganze vorstellte.

»Die Zuschauerränge und die Umkleidekabinen kannst du dir schon mal aus dem Kopf schlagen«, erwiderte Alfons, als er sich die Zeichnung genauer angesehen hatte. Knolle wollte gerade noch vorschlagen, eine Würstchenbude und einen Getränkestand einzuzeichnen, doch als er Alfons' bösen Blick sah, hielt er lieber die Klappe.

Marius war dafür zuständig, Schorsch für den Kampf in Topform zu bringen. Dafür musste ein ausgefeilter Trainingsplan her. Denn Schorsch war vielleicht schnell mit seinen Fäusten, aber seine Kondition ließ stark zu wünschen übrig, und der Kräftigste war er auch nicht gerade. Das Schwierige dabei war, dass sie nicht viel Zeit hatten. Der Kampf musste ja stattfinden, bevor Siggi und seine Horde Rache nehmen würden. Deshalb bestand nun auch die wichtigste

Aufgabe darin, die Miesmann-Zwillinge zu dem Boxkampf herauszufordern und ihnen den Zeitpunkt des Kampfes mitzuteilen.

Aber auch das war nicht so einfach. Denn eigentlich wäre es Meggys Aufgabe, Siggi herauszufordern. Doch sobald die beiden aufeinandertreffen würden, würde die Keilerei direkt losgehen. Und genau das wollten sie ja vermeiden. Der Kampf sollte schließlich nach den Regeln der Halunken ablaufen. Deshalb musste eine andere Lösung her. Und auch dieses Mal hatte Meggy eine geniale Idee.

»Lotte, du wirst Briefträgerin spielen«, sagte sie mit ernster Stimme.

Lotte sah sie fragend an. Sie wollte eigentlich lieber mit den anderen den Boxring aufbauen, anstatt irgendetwas zu spielen. Und schon gar nicht Briefträgerin, sondern wenn schon, dann Tierpflegerin oder so was. Doch als Meggy ihr erklärte, dass das kein richtiges Spiel war, sondern sie eine Botschaft an die Miesmann-Zwillinge überbringen sollte, kapierte sie, dass sie nun eine ganz wichtige Aufgabe hatte.

»Ich habe mir Folgendes überlegt«, fuhr Meggy fort. »Wir werden gemeinsam einen Brief an Siggi verfassen und Lotte wird gleich morgen früh in den Bus nach Sumpflitz steigen.

Siggi hängt dort meistens mit seinen Jungs an der Bushaltestelle ab und deshalb ist das der ideale Übergabeort für den Brief. Weil Sumpflitz die Endstation der Busstrecke ist, macht der Busfahrer dort immer eine kleine Kaffeepause, bevor er umdreht und wieder zurückfährt. In dieser Pause kann die Übergabe stattfinden. Anschließend fährt Lotte direkt wieder mit dem Bus nach Hause.«

Meggy sah Lotte nun erwartungsvoll an. »Traust du dir das zu?«

Ohne zu zögern, nickte sie, auch wenn sie etwas Angst hatte. Sie war noch nie alleine mit dem Bus gefahren, aber sie wollte Meggy nicht enttäuschen. Außerdem war sie irgendwie stolz, eine so wichtige Aufgabe zu bekommen.

»Warum lassen wir Lotte nicht heute nach Sumpflitz fahren?«, wollte Marius wissen.

»Na, weil wir Sonntag haben und da kein Bus nach Sumpflitz fährt«, antwortete Meggy.

Marius schüttelte entgeistert den Kopf. So was war in Berlin undenkbar.

»Also dann«, sagte Meggy und riss eine leere Seite aus ihrem Notizbuch. »Lasst uns mal ein Briefchen schreiben!«

An die Miesmann-Zwillinge

HERAUSFODERUNG ZUM BOXKAMPF

Ihr wollt Rache? Könnt ihr haben! Kommt dazu am nächsten Mittwoch um 15 Uhr zur alten Scheune am Ortsrand von Dümpelwalde. Dort soll Siggi gegen Schorsch im Boxring antreten. Nehmt ihr die Herausforderung an?

( ) Ja

( ) Nein

( ) Vielleicht

Bitte ankreuzen!

Die Heuhaufen-Halunken

P.S. Boxhandschuhe nicht vergessen!

Den Rest des Sonntags verbrachten die Heuhaufen-Halunken hauptsächlich faulenzend im Garten hinter Meggys Haus. Obwohl es schon Herbst war, schien die Sonne noch kräftig, und es war ein wunderschöner Tag. Meggy fand es wichtig, dass die Heuhaufen-Halunken noch mal ausruhen und entspannen konnten, bevor sie am nächsten Tag mit der Arbeit an ihrem Plan beginnen würden. Eine gute Bandenchefin war eben auch für das Wohl ihrer Bandenmitglieder verantwortlich. Außerdem genoss sie es selbst, noch mal unter ihrem Lieblingsbaum zu sitzen und von San Francisco zu träumen, bevor der Herbst alle Blätter wegpusten und es im Garten ungemütlich werden würde.

Am nächsten Morgen machte sich Meggy dann wie geplant mit Lotte auf den Weg zur Bushaltestelle. Lotte knabberte vor Aufregung an ihren Fingernägeln und hatte sich zur Verstärkung noch ihren Lieblingsteddy mitgenommen. Das Geld für die Fahrt hatte Meggy aus ihrer Spardose geholt. Dabei war ihr der Gedanke gekommen, demnächst mal eine gemeinsame Kasse für die Halunken zu beschaffen. So etwas gehörte sich ihrer Meinung nach für eine richtige Bande. Geld konnte man ja irgendwie immer gebrauchen.

Als sie an der Haltestelle ankamen, studierte Meggy den Busfahrplan.

»Wir haben Glück«, sagte sie. »Der nächste Bus kommt schon in drei Minuten.«

Meggy drückte Lotte den Brief, einen Stift zum Ankreuzen und das Geld in die Hand und erklärte ihr noch mal ganz genau den Ablauf: »Und nicht vergessen: Wenn Siggi und seine Jungs nicht an der Bushaltestelle sind, bleibst du einfach im Bus sitzen und fährst wieder zurück. Dann werden wir uns was anderes überlegen.«

Kurz darauf bog auch schon der Bus um die Ecke. Bis auf zwei Omis, die direkt hinter dem Busfahrer saßen, war das Fahrzeug leer. Die Strecke nach Sumpflitz war wohl nicht die beliebteste, was Meggy total verstehen konnte.

»Du schaffst das!«, sagte Meggy aufmunternd, und Lotte verschwand in dem Bus. Sie setzte sich auf einen Platz am Fenster und winkte Meggy mit ihrem Teddy zu. Die Türen des Busses schlossen sich, und der Busfahrer war gerade dabei loszufahren, als er es sich schließlich doch anders zu überlegen schien.

»Hallo Meggy«, tönte plötzlich eine bekannte Stimme hinter ihr.

Es war Oma Hertha, die völlig abgehetzt zum Bus eilte und ihre Handtasche wild über dem Kopf schwang. Das war das Zeichen für den Busfahrer, dass die alte Dame auch noch mitwollte.

»Da hätte ich doch beinahe schon wieder den Bus nach Sumpflitz verpasst«, rief sie Meggy zu, ehe sie keuchend einstieg.

Und wie sollte es anders sein – Oma Hertha nahm natürlich neben Lotte Platz.

»Hoffentlich verplappert Lotte sich nicht!«, sagte Meggy zu sich selbst und schaute dem Bus nach, bis er schließlich hinter einem Hügel verschwand.

Irgendwie hatte sie kein gutes Gefühl bei der Sache.

Kapitel 5

Weht dir Gülleduft entgegen,
gibt's im Nachbardorf meist Regen

Während Lotte also auf dem Weg nach Sumpflitz war, begannen die anderen Halunken mit ihrer Arbeit. Alfons und Knolle liefen zur alten Scheune am Ortsrand, um zu schauen, ob sie mit dem Gerümpel, was dort herumlag, einen Boxring bauen konnten.

Die krummen Bretter vor der Scheune und die alten Reifen waren für den Bau des Boxrings prima geeignet. Hammer und Nägel hatte Alfons von zu Hause mitgebracht und so konnten die beiden direkt mit der Arbeit beginnen.

Marius und Schorsch saßen im Quartier der Halunken und suchten im Internet nach Trainingsvideos für Boxer.

Marius' Vater war am frühen Morgen zurück nach Berlin gefahren und hatte seinem Sohn den Laptop dagelassen. Der Computer hatte eine kleine Kamera über dem Bildschirm, und Marius musste seinem Vater versprechen, dass sie jeden Abend chatten würden und er ihm über die Kamera die Matheaufgaben zeigen würde, die er in den Ferien zu erledigen hatte.

»Mann, ist die Verbindung in diesem Kaff hier lahm«, klagte Marius, als er ein paar Suchbegriffe in den Computer eingab. Nach einer Weile fanden sie schließlich ein Video, das geeignet war. Ein Typ mit ziemlich platter Nase führte ein paar Übungen vor, die für ordentlich Kraft, Ausdauer und Schnelligkeit sorgen sollten. Nach jeder Erklärung hielt Marius das Video an und Schorsch musste die Übung nachmachen. Der fand es zwar irgendwie ungerecht, dass

Marius gemütlich auf dem Sofa in der Scheune sitzen konnte, während er sich schwitzend abmühte, aber er hatte sich das Ganze ja schließlich selbst eingebrockt. Außerdem kam er mit jeder Übung seinem Traum ein bisschen näher, der große Nachfolger seines Vorbilds Kuno Hammerstein zu werden.

Als Meggy im Quartier der Halunken ankam und sah, wie Schorsch mit hochrotem Kopf Liegestütze machte, musste sie lachen.

»Mit der Birne kannst du als Ampel arbeiten«, spottete sie und erntete böse Blicke ihres Bruders.

»Wie lief es mit Lotte?«, wollte Marius wissen und klappte den Laptop zu.

»Eigentlich ganz gut«, antwortete Meggy. »Das Problem ist nur, dass deine Oma im gleichen Bus unterwegs ist und sich zu allem Übel auch noch neben Lotte gesetzt hat. Ich hoffe, dass sie sich nicht verplappert.«

»Wieso sollte Oma Hertha sich verplappern?«, keuchte Schorsch, der nach der letzten Liegestütze einfach auf dem Boden liegen geblieben war und offensichtlich vor Erschöpfung nicht mehr klar denken konnte.

»Nicht Oma Hertha, sondern Lotte, du Nachwuchs-Muskelprotz!«, sagte Meggy und verdrehte die Augen.

»Ach, die wird schon dichthalten«, sagte Marius, aber er wusste auch, dass seine Oma ziemlich neugierig war. Vielleicht hatten sie ja Glück, und Lotte hatte eine gute Ausrede dafür gefunden, warum sie alleine im Bus nach Sumpflitz unterwegs war.

»Wir werden es bald erfahren«, meinte Meggy. »Wenn alles gut geht, kommt Lotte in einer halben Stunde wieder zurück, und wir haben die Antwort von Siggi.«

»Was machen wir eigentlich, wenn die Miesmänner auf dem Brief *nein* ankreuzen?«, fragte Schorsch, der sich wieder erhoben hatte und sich schwitzend neben Marius aufs Sofa plumpsen ließ.

»Er wird auf jeden Fall *ja* ankreuzen«, antwortete Meggy. »Sonst steht er ja als Feigling da. Und das würde Siggi Miesmann nie wollen!«

Eine halbe Stunde später gab es von Lotte noch keine Spur. Und auch nach weiteren 10 Minuten tauchte sie nicht im Quartier der Halunken auf.

»Lasst uns mal zur Bushaltestelle gehen«, sagte Meggy,

und in ihrem Bauch kribbelte es plötzlich ganz unangenehm. Als die drei dort ankamen, warf Meggy noch einmal einen Blick auf den Busfahrplan.

»Der Bus aus Sumpflitz muss vor ein paar Minuten hier durchgekommen sein!«, stellte sie fest, und das unangenehme Kribbeln wurde immer stärker.

»Vielleicht hat Siggi sie nicht wieder zurück in den Bus gelassen!«, vermutete Schorsch. Meggy wusste, dass das natürlich gut möglich war, und ihr wurde klar, dass es eine saublöde Idee gewesen war, Lotte alleine loszuschicken. Sie mussten nun auf jeden Fall etwas unternehmen.

»Los Jungs, wir holen die Fahrräder und fahren nach Sumpflitz«, befahl Meggy schließlich. »Wir dürfen keine Zeit verlieren!«

Kurz darauf strampelten Meggy, Schorsch und Marius die Landstraße entlang nach Sumpflitz. Da Marius in Dümpelwalde kein eigenes Fahrrad hatte, musste er mit dem alten Klapprad von Meggys Mutter fahren, was ihm ziemlich peinlich war. Aber da ihn hier draußen außer ein paar Kühen sowieso niemand sah, war es halb so schlimm. Schorsch, der noch von seinem kleinen Fitnessprogramm außer Puste war,

keuchte wie ein alter Dampfkessel. Aber die Vorstellung, dass Lotte in der Gewalt von Siggi Miesmann sein könnte, weckte ungeahnte Kräfte in ihm.

Meggy ärgerte sich die ganze Fahrt über, dass sie Lotte mit dem Brief losgeschickt hatte.

Die Sache war viel zu gefährlich gewesen. Mit den Miesmann-Zwillingen war nicht zu spaßen und sie hätte das als Bandenchefin selbst in die Hand nehmen müssen.

Aber sie konnte es nun nicht mehr ändern und hoffte inständig, dass es Lotte gut ging.

Ungefähr zwanzig Minuten später erreichten die drei das Ortsschild von Sumpflitz, das voller Vogelkacke war. Sofort wehte ihnen der beißende Geruch frischer Gülle entgegen und der Himmel schien sich zu verdunkeln.

»Willkommen in Sumpflitz, dem Ort deiner Albträume«, spottete Meggy.

»Dieses Nest ist noch schlimmer, als ich es mir vorgestellt hatte«, sagte Marius und verzog das

Gesicht. »Kein Wunder, dass die Leute hier Miesmann mit Nachnamen heißen.«

Da das winzige Sumpflitz nur aus ein paar Häusern und Höfen bestand, erreichten sie sehr schnell die Bushaltestelle im Ortskern. Aus einem benachbarten Garten kläffte sie ein verdreckter Hund an und ein zahnloser Opa beobachtete sie aus dem geöffneten Fenster eines alten Bauernhauses.

Doch von Siggi Miesmann und Lotte fehlte jede Spur.

»Was machen wir denn jetzt?«, fragte Schorsch und sah Meggy unsicher an.

Ihr Gesicht verfinsterte sich, sie atmete tief ein, und ihr Gangsterblick verriet, dass sie stinksauer war.

»Wenn ich diesen miesen, fiesen Miesmann erwische, mache ich Buletten aus ihm!«, fauchte sie und ballte die Fäuste. Selbst Marius bekam es bei ihrem Anblick mit der Angst zu tun.

Doch bevor sie darüber nachdenken konnten, was sie nun machen sollten, hörte Meggy wieder die ihr wohlbekannte Stimme von Oma Hertha hinter sich.

»Was macht ihr drei denn hier?«, fragte sie verwundert.

Meggy, Alfons und Schorsch drehten sich zu ihr um und jedem von ihnen fiel ein riesiger Felsbrocken vom Herzen.

An Oma Herthas Hand ging eine quicklebendige, gutgelaunte Lotte und zwinkerte den dreien zu.

»Wir, äh, wir …«, stotterte Meggy, »wir wollten mal eine Fahrradtour machen, bei dem schönen Wetter!«

In dem Moment zogen sich die Wolken noch dichter zu und dicke Tropfen fielen vom Himmel.

»Aha, bei dem schönen Wetter«, grinste Oma Hertha und zeigte auf die Bushaltestelle. »Kommt, wir stellen uns da unter.«

Dann sah sie Meggy ernst an. »Dass du Lotte das Busfahren beibringen wolltest, ist ja schön und gut. Aber vielleicht hättest du sie bei ihrer ersten Fahrt noch mal begleiten sollen. Als wir hier ankamen, ist sie nämlich direkt zu diesen ungehobelten und frechen Jungs gelaufen, die hier immer an der Haltestelle rumlungern.«

Oma Hertha nahm Lotte nun schützend in den Arm. »Aber zum Glück war ich ja da und habe diese wilde Horde vertrieben!« Sie wedelte bedrohlich mit ihrer Handtasche und Meggy musste schmunzeln. Zu gern hätte sie gesehen, wie Oma Hertha Siggi und seine Kumpels mit einer Handtasche in die Flucht schlug. Und sie war einfach nur froh, dass Lotte nichts passiert war.

Oma Hertha erzählte, dass sie Lotte anschließend mit zu ihrer Freundin Kunigunde genommen hatte, von der sie sich ein Rezeptbuch ausleihen wollte. Und nun waren sie wieder hier an der Haltestelle, um mit dem nächsten Bus zurück nach Dümpelwalde zu fahren.

»Tut mir leid, dass ich Lotte alleine habe fahren lassen«, entschuldigte sich Meggy, und sie meinte es wirklich ernst. Sie hatte Lottes Mutter immer wieder versprochen, dass sie auf sie aufpassen würde, wenn sie sich mit den Halunken trafen. Heute hatte Meggy sich nicht an das Versprechen gehalten. Und das sollte nie wieder vorkommen.

Als Oma Hertha einen Blick auf den Busfahrplan warf, schob Lotte Meggy heimlich den Brief zu und lächelte.

Dann verzog sich der Regenschauer so schnell, wie er gekommen war, und Meggy, Schorsch und Marius schwangen sich auf ihre Räder.

»Wenn du zu Hause bist, wird Mathe gelernt!«, rief Oma Hertha Marius hinterher.

»Versprochen!«, rief er zurück und hoffte inständig, dass ihn auch auf dem Rückweg keiner mit diesem peinlichen Klapprad sehen würde.

Als sie wenig später das Ortsschild von Dümpelwalde erreichten, kam ihnen der Bus nach Sumpflitz entgegen, der Oma Hertha und Lotte wieder nach Hause bringen würde. Das Ganze war noch mal gut gegangen. Nun hoffte Meggy, dass Siggi das Richtige auf dem Brief angekreuzt hatte. Doch sie würde den Brief erst öffnen, wenn alle Heuhaufen-Halunken wieder beisammen waren.

Kapitel 6

Helfen beim Backen viele Hände, nimmt die Arbeit ein schnelles Ende

»Könnt ihr mir heute Nachmittag beim Backen helfen?«, fragte Meggys Mutter beim Mittagessen. »Morgen soll der letzte warme Tag des Jahres sein, und ich will mit dem Volvo nach Bröckelbach auf den Wochenmarkt fahren, um dort noch mal mein mobiles Café zu öffnen. Bei gutem Wetter ist dort immer richtig viel los – das will ich mir nicht entgehen lassen.«

Schorsch schaute Meggy an und verzog das Gesicht. Die Heuhaufen-Halunken waren eigentlich am Nachmittag in der Scheune verabredet. Alfons und Knolle wollten berichten, wie es mit dem Bau des Boxrings voranging, und Meggy wollte endlich den Brief mit der Antwort von Siggi Miesmann öffnen.

»Ich würde eurer Mutter ja helfen, aber ich muss leider noch mal los«, sagte Meggys Vater, der mit weißem Hemd und schwarzem Sakko am Tisch saß. Man könnte fast meinen, dass er Kellner war. In Wirklichkeit aber war er Versicherungsvertreter und musste sehr viel arbeiten. Der Hofladen und das mobile Apfelcafé von Meggys Mutter liefen in letzter Zeit zwar sehr gut, aber wenn der Winter in ein paar Wochen anfing, würde sich das ändern.

»Kommt schon, Kinder, nur für ein, zwei Stündchen.« Meggys Mutter sah ihre beiden Kinder erwartungsvoll an.

»Also gut«, willigte Meggy ein und erntete dafür einen bösen Blick von Schorsch. Er hasste es, in der Küche zu stehen und Äpfel zu schälen. Schließlich gab er jedoch auch nach und hoffte, dass es nicht so lange dauern würde wie beim letzten Mal. Da wurden nämlich aus ein, zwei Stunden gleich mal drei und vom vielen Apfelschälen hatte er sogar Blasen an den Fingern bekommen.

Meggy rief die anderen Halunken nach dem Mittagessen an, um ihnen mitzuteilen, dass sie sich leider erst am späten Nachmittag im Quartier treffen konnten.

Und so saßen Schorsch und Meggy wenig später neben einem riesigen Korb voller Äpfel in der Küche und schälten, was das Zeug hielt.

»Die werden gar nicht weniger!«, maulte Schorsch nach einer Weile und blickte in den noch fast vollen Korb. »Wir müssen den anderen Halunken sagen, dass wir uns erst in einem Jahr treffen können!«

Im selben Moment klingelte es an der Tür.

»Ist offen!«, rief Meggy und staunte nicht schlecht, als Alfons, Marius, Knolle und Lotte plötzlich in der Küche standen.

»Wir wollen euch helfen!«, sagte Alfons und schnappte sich

einen Sparschäler. »Wir können nämlich unmöglich noch länger darauf warten, Siggis Antwort zu erfahren«, fügte er flüsternd hinzu, damit es Meggys Mutter nicht hörte.

Die wiederum war begeistert, so viel Unterstützung bei der Arbeit zu bekommen.

Und so verlagerten die Heuhaufen-Halunken ihre Bandenbesprechung ganz einfach in die Küche und schälten nebenbei einen Apfel nach dem anderen. Dabei sorgte Knolle dafür, dass sie einige Äpfel gar nicht erst schälen mussten. Die landeten nämlich nach und nach direkt und ungeschält in seinem Bauch.

Zum Glück war Meggys Mutter so sehr ins Backen ver-

tieft, dass sie überhaupt nicht darauf achtete, was die Kinder besprachen.

Lotte musste ausführlich berichten, wie die Briefübergabe gelaufen war. Sie erzählte, dass alles ganz schnell ging, weil Oma Hertha ja mit ihr aus dem Bus gestiegen war. Als Lotte Siggi und seiner Bande den Brief gegeben hatte, hatte Siggi abfällige Bemerkungen gemacht und hämisch gelacht. Oma Hertha hatte ihn und seine Kumpanen daraufhin mit ihrer Handtasche verjagt, weil sie dachte, dass die Jungs Lotte ärgerten. Zum Glück hatte Siggi Miesmann da aber schon sein Kreuzchen auf den Brief gemalt. Aber weil Lotte ja noch nicht lesen konnte, wusste sie natürlich auch nicht, was Siggi angekreuzt hatte.

Meggy zog den Brief aus ihrer Hosentasche und alle starrten gespannt auf das Stück Papier. Sie faltete es auf, und sie konnten deutlich das Kreuz erkennen, das sich direkt hinter dem Wörtchen *Ja* befand. Daneben stand noch in einer ziemlich krakeligen Schrift *ihr Niten*.

»In Rechtschreibung war Siggi noch nie der Beste«, sagte Meggy und faltete das Blatt zufrieden zusammen. »Aber zumindest hat dieser Teil des Plans schon mal funktioniert! Sehr gute Arbeit, Lotte!«

Nun erzählten Alfons und Knolle noch von der Arbeit am Boxring.

»Das Fundament steht schon mal«, erklärte Alfons stolz. »Wir haben dafür die alten Reifen benutzt. Dadurch bekommt der Boden sogar noch etwas Federung.«

»Dann tut es Siggi nicht so weh, wenn er auf die Bretter knallt!«, tönte Schorsch und rieb sich die rechte Faust. Alle lachten und Meggy war mit ihren Halunken wieder einmal sehr zufrieden. Besonders gefiel ihr, wie mutig Schorsch war. Siggi Miesmann war ein ganz schöner Brocken, vor dem man schon mal Angst bekommen konnte. Aber Schorsch glaubte so sehr an sich und seine Boxkünste, dass es auch die anderen taten.

Nach nicht einmal einer halben Stunde hatten die Halunken alle Äpfel geschält und Meggys Mutter spendierte jedem zur Belohnung noch ein Stück frischen Apfelkuchen mit Schlagsahne.

Gut gestärkt und bestens gelaunt, saßen die Halunken wenig später in ihrem Quartier.

Meggy holte ihr Notizbuch hervor und fasste die Ergebnisse des Tages zusammen:

Operation Fliegende Fäuste – Phase 2:

Es läuft alles nach Plan. Siggi Miesmann hat die Herausforderung zum Boxkampf angenommen und die Arbeiten am Boxring gehen gut voran.

Das ist noch zu tun:

- Schorsch muss noch fitter werden und weitertrainieren
- der Boxring muss fertig gebaut werden (Meggy und Lotte helfen mit)
- alle müssen wachsam sein. Bei Siggi Miesmann weiß man nie …

Probleme: keine! :-)

»Und nun, Leute, wieder ran an die Arbeit«, sagte Meggy schließlich und klappte das Notizbuch zu. »Wir haben nur noch eineinhalb Tage!«

Von dem Telefongespräch, das Bauer Kunze zur selben Zeit in seinem Haus führte, konnten die Kinder natürlich nichts ahnen. Nachdem er aufgelegt hatte, lehnte er sich zufrieden zurück und sagte zu seiner Frau: »Nur noch eineinhalb Tage, dann gehört mir der größte Mähdrescher, den Dümpelwalde je gesehen hat.«

Seine Frau, die gerade dabei war, den Boden des Wohnzimmers zum zweiten Mal an diesem Tag zu putzen, schüttelte verständnislos den Kopf.

»Du und deine ganzen Maschinen. Wo willst du dieses Monstrum denn eigentlich unterstellen? Der Hof steht doch schon voll mit Traktoren und Anhängern.«

»Mach dir darüber mal keine Sorgen«, brummte Bauer Kunze und rieb sich das Kinn. »Ich habe da schon eine Idee.«

Kapitel 7

Sind Probleme nicht in Sicht, heißt das nicht: es gibt sie nicht

»Los, gib Gas – nur keine Müdigkeit vortäuschen!«, brüllte Marius und legte mit dem alten Klapprad von Meggys Mutter eine Vollbremsung hin, dass es nur so staubte. Etwa dreißig Meter hinter ihm trabte Schorsch schnaufend den Feldweg entlang. »Ohne Kondition läuft beim Boxen gar nichts!«

Schorsch wusste, dass Marius recht hatte. Ein Boxkampf konnte über mehrere Runden gehen und dafür brauchte man neben Kraft auch eine Menge Ausdauer. Und sein Gegner Siggi Miesmann sah so aus, als hätte er von beidem eine ganze Menge. Schorsch dachte an einen Kampf von

Kuno Hammerstein, von dem er mal in einem seiner alten Zeitungsausschnitte gelesen hatte, die er von seinem Idol sammelte. Der Kampf ging über zwölf Runden und Kunos Gegner ließ sich einfach nicht auf die Bretter schicken. Es war ein ständiges Hin und Her und in der zwölften Runde konnten sich beide Boxer nur noch mit Mühe auf den Beinen halten. Nach Punkten stand es unentschieden, und es sah so aus, als ob es an jenem Abend keinen Sieger geben würde. In der letzten Minute nahm Kuno Hammerstein jedoch noch mal all seine Kraft zusammen und boxte seinem Gegner wie in Zeitlupe auf die Nase. Und obwohl der Schlag nicht einmal besonders fest war, kippte sein Gegner um und wurde ausgezählt. Dieser Sieg ermöglichte es Kuno schließlich, an der Weltmeisterschaft teilzunehmen. Die Überschrift des Artikels lautete damals: »Kuno siegt dank Kondition!«

Die Gedanken an Kuno Hammerstein gaben Schorsch einen richtigen Energieschub, und er rannte plötzlich los, als hätte er sich einen Schluck Zaubertrank reingekippt. Marius traute seinen Augen kaum, als Schorsch grinsend an ihm vorbeischoss. Und bis Marius mit dem alten Klapprad in die Gänge kam, war Schorsch schon in einer Staubwolke verschwunden.

Zur gleichen Zeit zogen Meggy, Alfons, Knolle und Lotte einen Bollerwagen voller Bretter, einer Säge und anderem Krimskrams in Richtung der alten Scheune am Dorfrand. Zur Tarnung hatte Meggy eine Decke und ein paar von Lottes Kuscheltieren auf den Wagen gelegt. Das war auch gut so, denn unterwegs begegneten sie Frau Grünow, die gerade vom Einkaufen kam.

»Ach Kinderchen, wie schön, euch so spielen zu sehen!«, jauchzte sie. »In der Stadt, da prügeln sich die Kinder heut-

zutage doch nur noch. Hier in Dümpelwalde ist die Welt zum Glück noch in Ordnung!«

»Ja, ja ...«, entgegnete Meggy kurz, und die vier Kinder zeigten ihr schönstes Lächeln.

Als Frau Grünow außer Sichtweite war, prustete Meggy los und warf einen Blick auf den Bollerwagen. »Wenn die wüsste …!«

Zu viert gingen die Arbeiten am Boxring gut voran. Es wurde gesägt, gehämmert und gezimmert. Dabei hielten sich alle strikt an die Zeichnung, die Schorsch angefertigt hatte. Außer ihm wusste ja keiner von ihnen so richtig, wie so ein Boxring überhaupt aussah.

Gegen Ende des Nachmittags war der Boden des Rings fast komplett mit Brettern abgedeckt.

»Na, das sieht doch schon richtig gut aus!«, rief Schorsch begeistert, als er gemeinsam mit Marius die Scheune betrat. Die beiden hatten das Ausdauertraining beendet und waren neugierig, wie weit die anderen mit dem Bau waren.

Schorsch kletterte auf den Bretterboden und machte ein paar Hüpfer. Durch die Reifen unter den Brettern wippte alles ganz sanft.

»Der Hammer!«, sagte Schorsch und fuchtelte wie ein Boxer mit den Fäusten in der Luft herum.

»An den Ecken müssen nur noch die Pfosten angebracht werden, an die dann die Seile gespannt werden«, erklärte Schorsch und nahm sich prüfend seine Zeichnung zur Hand. »Dann ist alles perfekt!«

»Und – wie läuft das Training?«, erkundigte sich Meggy.

»Bestens!«, antwortete Marius. »Schorsch hat eine Lunge wie ein Stier. Morgen machen wir noch mal ein bisschen Krafttraining und ein paar Technikübungen. Ich habe im Internet noch ein paar coole Videos entdeckt, die Schorsch gefallen werden. Wir liegen auf jeden Fall super in der Zeit! Siggi Miesmann wird sein blaues Wunder erleben!«

Meggy ließ zufrieden ihren Blick durch die Scheune schweifen. Ihr Plan lief bisher richtig gut. Fast schon zu gut. Aber vermutlich lag das einfach daran, dass die Halunken mittlerweile eine hervorragend eingespielte Bande waren.

»Lasst uns aufbrechen, für heute reicht es«, sagte sie schließlich und fing an, die Werkzeuge in dem Bollerwagen zu verstauen.

Plötzlich hörte sie in der Ferne ein kräftiges Dröhnen, das immer näher zu kommen schien.

»Seid mal leise«, befahl Meggy und starrte an die Scheunenwand, als ob sie hindurchschauen könnte. Dann rannte sie zum Eingangstor und spähte hinaus.

»Wir sind geliefert!«, rief sie den anderen zu und sah auf einmal kreidebleich aus. »Bauer Kunze kommt!«

Auch den anderen Halunken war der Schreck nun deutlich anzusehen. Lotte fing vor lauter Angst an zu heulen und Knolle blieb der letzte Bissen seiner Banane im Hals stecken.

Das Dröhnen wurde immer lauter und Meggys Herz schlug immer schneller.

»So ein Mist, was machen wir denn jetzt?«, fragte Alfons verzweifelt.

Meggy schob die Tür zu und sah die anderen ernst an. »Nichts. Wir machen gar nichts.«

Für alles andere war auch gar keine Zeit, denn nur wenig später hielt der Traktor von Bauer Kunze ein paar Meter vor dem Scheunentor an.

Die Halunken blieben wie angewurzelt stehen. So wie eine Horde scheuer Rehe im Scheinwerferlicht. Keiner traute sich auch nur den leisesten Mucks zu machen.

Bauer Kunze stieg aus und man konnte die festen Schritte seiner Stiefel hören. Er kam immer näher und erreichte schließlich das Scheunentor. Gerade als er es öffnen wollte, klingelte sein Handy.

»Kunze«, meldete er sich brummend. »Ja, klar steht das Geschäft noch … Ich habe auch schon einen Platz für das gute Stück gefunden, ich stehe gerade davor ... Sie liefern den Mähdrescher Mittwochnachmittag um 15 Uhr … bestens. Der Vertrag? Wie … mit dem Fax schicken. Sofort? …

Sonst verkaufen Sie an jemand anderen? Kommt nicht in die Tüte! Bin schon unterwegs. In 10 Minuten haben Sie den Vertrag auf dem Tisch!«

Genervt schaltete Bauer Kunze sein Handy aus, schob den Riegel vor das Scheunentor und sicherte es zusätzlich mit einem riesigen Vorhängeschloss.

»Diese Stadtfuzzis machen immer so einen Stress, wenn es ums Geld geht!«, knurrte er und marschierte zurück zu seinem Traktor. So schnell wie Bauer Kunze gekommen war, war er auch schon wieder verschwunden.

Meggy stand der Schweiß auf der Stirn. Und obwohl das Dröhnen des Traktors schon lange nicht mehr zu hören war, brachte keiner der Halunken ein Wort heraus. Es war, als würden sie alle unter Schock stehen.

»Das war knapp!«, brach Meggy schließlich die Stille.

Auch die anderen Halunken erwachten nun aus ihrer Schockstarre. Lotte zog den Rotz hoch, der in zwei grünen Fäden aus ihrer Nase lief, und Knolle kaute seine Banane zu Ende.

Marius und Alfons rannten sofort zur Tür und rüttelten mit aller Kraft daran.

»Er hat sie abgeschlossen«, sagte Alfons und versuchte,

durch die Ritzen in der Tür nach draußen zu blicken. »Da hängt ein fettes Schloss am Riegel!«

»Jetzt sitzen wir in der Falle«, seufzte Marius und zog sein Smartphone aus der Tasche. »Und hier draußen habe ich nicht mal Empfang!«

»Wir kommen hier schon raus«, entgegnete Meggy und suchte die Scheunenwände nach losen Brettern ab. Kurze Zeit später entdeckte sie im hinteren Teil der Scheune ein wackeliges Brett, das sich wie eine Katzenklappe kippen ließ. »Wer sagt's denn? Hier passen wir locker durch. Na ja, bis auf einen vielleicht.«

»Sehr witzig!«, entgegnete Knolle, der sofort wusste, wer gemeint war.

Doch auf Witze hatte gerade keiner so richtig Lust.

»Also gut, Lagebesprechung!«, meinte Meggy schließlich und setzte sich an den Rand des Boxrings. Die anderen kamen dazu und Meggy fasste die letzten Minuten zusammen. »So wie es aussieht, bekommt Bauer Kunze am Mittwoch um 15 Uhr einen neuen Mähdrescher geliefert. Das Ding will er hier in der Scheune unterstellen. Das Problem ist, dass wir hier am Mittwoch um 15 Uhr den Boxkampf abhalten wollen. In der kurzen Zeit, die uns noch bleibt, finden wir unmöglich einen anderen Ort für den Kampf. Außerdem ist der Boxring fast fertig, und Siggi Miesmann ist informiert, dass der Kampf hier stattfinden wird.«

Die Lage war also mehr als verzwickt und der eben noch perfekte Plan war innerhalb weniger Minuten ziemlich unsicher geworden.

Meggy kratzte sich am Kopf und dachte angestrengt nach. Ihr Blick verfinsterte sich, und man sah ihr an, dass ihr Gangsterhirn mit aller Kraft arbeitete. Es war mucksmäuschenstill, und die anderen Halunken warteten gespannt, was Meggy gerade ausheckte. Ein paar Minuten vergingen, die den Halunken wie eine halbe Ewigkeit vorkamen.

Ohne mit der Wimper zu zucken, sagte Meggy plötzlich mit ruhiger Stimme: »Es bleibt alles wie gehabt. Der Kampf wird planmäßig hier in der Scheune stattfinden!«

Kapitel 8

Ist der Weg ins Dorf nicht weit, verschafft ein Trick dir etwas Zeit

Als Meggy den anderen erzählte, was sie sich überlegt hatte, war den Halunken sofort klar, warum sie die Anführerin der Bande war. Meggy hatte einfach die besten Ideen, und sie wusste fast immer, was zu tun war.

Der Plan bestand nun darin, die Lieferung des Mähdreschers zu verzögern.

»Diese riesigen Fahrzeuge werden doch auf großen Lastwagen transportiert. Das habe ich mal im Fernsehen gesehen. Und so ein Lkw kann ja nur aus Richtung Bröckelbach kommen«, erklärte Meggy. »Zwei von uns werden deshalb am Mittwoch am Ortsausgang von Bröckelbach ein Umleitungsschild aufstellen, sobald der Lastwagen in Sicht ist. Wir lotsen den Transporter dann einfach nach Gähndorf. Bis er von da nach Dümpelwalde kommt, dauert es locker eine Stunde. Diese Stunde wird uns für den Boxkampf ausreichen. Und sobald wir Siggi besiegt haben, machen wir uns aus dem Staub.«

»Aber was machen wir anschließend mit dem Boxring?«, wollte Schorsch wissen.

»Nichts. Den lassen wir hier einfach stehen. Die Reifen und Bretter gehören ja sowieso zum größten Teil Bauer Kunze. Und der weiß ja nicht, dass wir den Boxring gebaut haben.«

Das fand Schorsch natürlich schade. Den tollen Boxring hätte er zu gerne zum Trainieren behalten.

»Es gibt nur ein Problem«, gab Marius zu bedenken. »Was, wenn Bauer Kunze vorher noch mal hier in der Scheune auftaucht?«

»Wir müssen einfach hoffen, dass er das nicht tut«, sagte Meggy. »Er hat die Scheune abgeschlossen und glaubt, dass sie komplett leer ist. Warum sollte er also noch mal hierherkommen? Außerdem hat er um diese Jahreszeit immer sehr viel auf seinen Feldern und seinem Hof zu tun. Uns bleibt nichts anderes übrig, als es zu riskieren!«

Die anderen waren einverstanden. Meggy teilte Knolle und Lotte dafür ein, das Umleitungsschild am Mittwoch aufzustellen. Knolle war davon zunächst überhaupt nicht begeistert, weil er dann ja nicht bei dem Boxkampf dabei sein konnte. Doch als Meggy ihm zur Belohnung einen frischen Apfelkuchen ihrer Mutter versprach, willigte er schließlich ein – vorausgesetzt es gab noch Schlagsahne dazu.

Lotte konnte Raufereien ohnehin nicht ausstehen und war deshalb sehr froh über ihre Aufgabe.

Meggy schlug ihr Notizbuch auf und fasste den aktuellen Stand der Dinge zusammen:

Operation Fliegende Fäuste – Phase 3:

- Der Boxring ist fast fertig und sieht prima aus.
- Schorsch macht Fortschritte und ist in einem guten Fitnesszustand.

Problem:

Bauer Kunze bekommt zum Zeitpunkt des Kampfs einen Mähdrescher geliefert, der in der Scheune untergestellt werden soll.

Lösung:

Knolle und Lotte leiten den Transporter um und wir gewinnen dadurch eine Stunde Zeit. Das muss für den Boxkampf reichen. Anschließend machen wir uns aus dem Staub.

Das ist noch zu tun:

- Boxring fertig bauen
- ein Umleitungsschild basteln
- hoffen, dass Bauer Kunze vorher nicht mehr in die Scheune kommt!

»So, und nun nix wie weg hier«, sagte Meggy, und die Halunken quetschten sich durch das lose Brett in der Scheunenwand. Selbst Knolle kam problemlos hindurch. Den Bollerwagen mussten sie allerdings zurücklassen. In Dümpelwalde angekommen, verabschiedeten sich die Halunken voneinander. Es war ein turbulenter Tag gewesen, und alle waren erschöpft von dem, was sie geleistet hatten. Alle, bis auf Marius. Der hatte ja außer Fahrradfahren nicht viel machen müssen. Dafür warteten jetzt jede Menge Matheaufgaben auf ihn, die er noch zu erledigen hatte, bevor er mit seinem Vater sprechen würde.

»Wir treffen uns morgen früh im Hauptquartier«, gab Meggy ihren Bandenmitgliedern mit auf den Weg. »Pünktlich um 8 – wir haben noch viel zu tun.«

»Glaubst du eigentlich, dass ich gegen Siggi Miesmann wirklich eine Chance habe?«, fragte Schorsch unsicher, als er am Abend mit Meggy im Wohnzimmer saß.

»Auf jeden Fall«, antwortete Meggy. »Marius hat mir erzählt, dass du topfit bist. Außerdem kennt sich hier im Umkreis von hundert Kilometern doch niemand besser mit Boxen aus als du!«

»Schon, aber es wird mein erster richtiger Kampf sein«, gab Schorsch zu bedenken und kaute dabei nervös an seinen Fingernägeln.

Meggy sah ihn ernst an. »Wenn ich nicht wirklich davon überzeugt gewesen wäre, dass du Siggi Miesmann besiegen kannst, hätte ich dem Kampf niemals zugestimmt. Ich glaube fest an dich und das solltest du auch tun! Ich bin mir sicher, dass du mal ein großartiger Boxer wirst!«

Dieser Satz von Meggy gab Schorsch eine Menge Mut, und als er später im Bett lag, dachte er noch lange darüber nach. Er blätterte in den Zeitungsausschnitten über Kuno Hammerstein, las Artikel über seine wichtigsten Kämpfe und schaute sich schließlich das Foto an, das über seinem Bett hing. Er hatte es von seinem Großonkel bekommen, der der Ortsvorsteher von Dümpelwalde war und die kleine Bibliothek des Dorfes verwaltete.

Dort gab es ein Fotoalbum, das Bilder von Boxkämpfen aus den Fünfzigerjahren beinhaltete. Eines dieser Bilder hatte der Großonkel für Schorsch vergrößern lassen. Es zeigte Kuno Hammerstein mit hochgerissenen Armen und dem linken Fuß auf dem Gegner, der k.o. am Boden lag. Das Foto gab Schorsch das Gefühl, dass er es schaffen konnte.

In seinen Gedanken sah er sich selbst im Boxring, die Arme nach oben gestreckt, und auf dem Boden lag Siggi Miesmann. Kurz darauf schlief Schorsch zufrieden ein.

Ein Zimmer weiter saß Meggy an ihrem Schreibtisch und studierte die Aufzeichnungen in ihrem Notizbuch. Der zunächst so sichere Plan stand nun auf sehr wackligen Beinen. Was, wenn Bauer Kunze vor dem Boxkampf doch noch mal in seine Scheune musste? Dann hätten die Halunken ein richtig dickes Problem an der Backe. Aber sie hatten keine Wahl. Sie mussten es darauf ankommen lassen. Dass es ohnehin ganz anders kommen würde, als sie geplant hatte, konnte Meggy an diesem Abend noch nicht ahnen.

Kapitel 9

Willst du wie die Profis boxen, musst du ackern wie die Ochsen

Am nächsten Morgen wachte Schorsch mit einem eigenartigen Ziehen in beiden Beinen auf. Er kletterte umständlich aus dem Bett und humpelte in die Küche. In ihm stieg Panik auf. Was, wenn seine Beine nun schlappmachten? Dann konnte er den Boxkampf vergessen!

»Du läufst ja wie der holzbeinige Käpt'n Ahab«, scherzte sein Vater, der gerade den letzten Schluck aus seiner Kaffeetasse nahm und dann ernster wurde. »Was ist los mit dir?«

»Keine Ahnung, meine Beine tun so komisch weh«, jammerte Schorsch und ließ sich auf einen Stuhl plumpsen.

»Hast du gestern irgendetwas Anstrengendes gemacht?«, fragte sein Vater weiter.

Schorsch zuckte mit den Schultern. »Na ja, ich bin acht Kilometer gejoggt, habe 120 Kniebeugen gemacht und bin Fahrrad gefahren«, sagte er und rieb sich die Knie.

»Oha, dann wundert es mich nicht, dass du Schmerzen hast. Nach so einem Training müsste man mich vermutlich sechs Wochen in Kur schicken. Du hast mit Sicherheit einen ordentlichen Muskelkater«, meinte sein Vater. »Aber mach dir keine Sorgen – das geht schnell vorbei.«

Trotz der Schmerzen musste Schorsch lachen. Er stellte sich einen muskelbepackten Kater vor, der Gewichte stemmte. Aber natürlich wusste er, dass ein Muskelkater kein Tier war.

»Wofür trainierst du denn eigentlich so hart?«, wollte sein Vater nun wissen und packte sich ein Butterbrot in seine Arbeitstasche.

»Ich will mal Boxweltmeister werden«, antwortete Schorsch, und das war ja nicht einmal gelogen.

Um Punkt acht saßen die Heuhaufen-Halunken in ihrem Quartier und besprachen, was es an diesem letzten Tag vor dem großen Kampf noch zu tun gab. Knolle, Alfons und Lotte würden die letzten Arbeiten am Boxring erledigen und die Seile anbringen. Alfons hatte auch schon eine Idee, woher sie die idealen Seile bekamen. Im Geräteschuppen der Freiwilligen Feuerwehr von Dümpelwalde hingen eine Menge davon, und Alfons wusste, wo sich der Schlüssel für den Schuppen befand. Bevor er nach Berlin gezogen war, war Alfons' Vater aktives Mitglied der Feuerwehr gewesen und hatte einen Schlüssel für den Schuppen. Kurz vor dem Umzug musste er den Schlüssel wieder abgeben und dieser wurde für Notfälle an einem kleinen Nagel hinter dem Vogelhäuschen auf der Rückseite des Schuppens versteckt aufgehängt.

Da Schorsch immer noch Schmerzen in den Beinen hatte, mussten sie den Trainingsplan für den Tag etwas umstellen. Marius wollte ein paar Dehnübungen im Internet raussuchen, die gegen Muskelkater halfen, und Schorsch anschließend ein paar Kraftdrinks zubereiten. Die Rezepte dafür gab es sicherlich auch im Internet. Außerdem waren die beiden dafür zuständig, ein Umleitungsschild zu basteln, das Lotte und Knolle am nächsten Tag aufstellen sollten und das möglichst echt aussehen musste.

Meggy war am Abend vorher noch lange wach geblieben und kam dabei auf die Idee, Bauer Kunze den ganzen Tag lang zu observieren. Wie ein Privatdetektiv würde sie ihn nicht aus den Augen lassen. Denn sollte er sich aus irgendeinem Grund auf den Weg zur Scheune machen, würde sie sich schnell etwas einfallen lassen, um ihn aufzuhalten.

»Wir treffen uns um drei zu einer kurzen Besprechung hier im Quartier«, entließ Meggy ihre Bande. »Und nun ran an die Arbeit!«

Es war der letzte Tag vor dem großen Kampf und es gab noch eine Menge zu tun.

Die Seile aus dem Geräteschuppen der Feuerwehr zu holen, war tatsächlich ein Kinderspiel gewesen. Knolle, Alfons und Lotte radelten daraufhin zur Scheune am Dorfrand und achteten gründlich darauf, von niemandem gesehen zu werden. Schon gar nicht von Bauer Kunze. Durch das lose Brett in der Wand kletterten sie in die Scheune und begannen sofort mit der Arbeit.

Schorsch und Marius kümmerten sich zuerst um das Umleitungsschild. Dadurch hatte Schorsch noch etwas Zeit, sich vom harten Training des Vortags zu erholen und seine

Beine zu schonen. Marius suchte im Internet nach einem Foto von einem Umleitungsschild, das ihnen als Vorlage dienen sollte. Im Papiermüll fand Schorsch ein großes Stück Pappe, das vermutlich von der Verpackung der neuen Klappstühle stammte, die seine Mutter vor Kurzem für das mobile Apfelcafé angeschafft hatte.

Gelbe und schwarze Farbe fanden sie schließlich im Keller von Oma Hertha. Der war fast so gut ausgestattet wie ein Baumarkt. Die Sachen stammten alle noch von Marius' Opa.

Marius war ein wirklich guter Zeichner. Mit einem Bleistift malte er die großen Buchstaben vor, und nachdem er sie ausgemalt hatte, sahen sie überhaupt nicht so aus, als hätte sie ein Kind geschrieben. Mit der gelben Farbe drum herum sah das Schild klasse aus und aus einiger Entfernung konnte man die Pappvariante nicht von einem echten Schild aus Blech unterscheiden. Es war wirklich eine perfekte Kopie.

Da Schorsch bei der ganzen Sache mehr oder weniger unbeteiligt dabeistand und sich seine Beine nun auch wieder ein bisschen besser anfühlten, begannen sie anschließend direkt mit den Dehnübungen. Dabei bog Schorsch seine Arme und Beine in alle möglichen Richtungen, und Marius, der es sich auf dem Sofa im Hauptquartier bequem gemacht hatte, gab ihm Anweisungen, wie er sich als Nächstes verbiegen sollte.

Während Knolle, Alfons und Lotte hämmerten und Schorsch und Marius trainierten, beobachtete Meggy den Hof von Bauer Kunze aus sicherer Entfernung. Sie hatte sich auf die Bank unter der großen Eiche am Dorfbrunnen gesetzt. Von dort aus hatte sie eine gute Sicht. Ihr Fahrrad stand griffbereit neben ihr, sodass sie die Verfolgung aufnehmen konnte, sobald Bauer Kunze seinen Hof verließ. Außerdem hatte sie sich ein bisschen Proviant in ihren Rucksack gepackt, denn sie musste Bauer Kunze ja den ganzen Tag im Auge behalten. Zur Tarnung hatte sie sich auch noch ein Buch mitgenommen und tat so, als würde sie lesen. Dann kam ihr jedoch der Gedanke, dass in der Geschichte Dümpelwaldes vermutlich noch nie ein Kind auf der Bank am Brunnen gesessen hatte, um ein Buch zu lesen. Schon gar nicht in den Ferien. Deshalb packte sie das Buch schnell weg und tat einfach gar nichts. Das schien ihr irgendwie unauffälliger zu sein.

Momentan ging von Bauer Kunze zum Glück auch keine Gefahr aus, denn er schraubte schimpfend an seinem Traktor herum, der offensichtlich Probleme machte. Seine Frau war gerade dabei, den Hof zu fegen, obwohl dort nicht mal der kleinste Dreckklumpen zu sehen war. Meggy vermutete, dass der Bauernhof der Kunzes der sauberste Bauernhof Deutschlands war, wenn nicht der ganzen Welt, so oft wie seine Frau Haus und Hof schrubbte. Aber Meggy war das alles nur recht. Solange die beiden beschäftigt waren, würden Knolle und die anderen in Ruhe den Boxring fertig bauen können.

»Hallo Meggy!«, sagte plötzlich Oma Hertha, die mal wieder wie aus dem Nichts aufgetaucht war. So gerne Meggy die alte Dame mochte – etwas unheimlich war es schon, dass Oma Hertha nichts entging, was in Dümpelwalde geschah. Und wenn man gerade eine geheime Operation am Laufen hatte, konnten neugierige alte Damen durchaus zum Problem werden.

»Hallo Oma Hertha«, antwortete Meggy und strich sich eine Strähne aus dem Gesicht.

»Ein schönes Plätzchen hast du dir hier ausgesucht. Darf ich mich zu dir setzen?«

Meggy nickte und rutschte ein wenig nach links, um Oma Hertha Platz zu machen.

Die Bank knarrte bedenklich, als sie sich setzte.

»Hier habe ich als Kind in den Ferien immer gesessen und stundenlang gelesen«, sagte Oma Hertha und schaute gedankenverloren in die Ferne. Meggy musste schmunzeln. Ein Buch als Tarnung war also doch keine so schlechte Idee

gewesen. »Außerdem hatte ich von hier aus immer das ganze Dorf im Blick. Ach ja, die guten alten Zeiten«, seufzte Oma Hertha und schaute Meggy freundlich an. »Aber sag mal, wo sind denn Marius und die anderen?«

Da war sie also wieder – die gefährliche Neugier einer alten Dorfoma. Meggy durfte sich auf keinen Fall verplappern.

»Och, die sind vermutlich irgendwo im Dorf unterwegs«, antwortete Meggy kurz und versuchte dabei so normal wie möglich zu klingen. Doch Oma Hertha ließ nicht locker.

»Und wieso sitzt du hier ganz alleine herum und bist nicht mit den anderen unterwegs?«

Meggy dachte kurz nach. Dann griff sie in ihren Rucksack und zog ihr Buch heraus. »Weil man hier in Ruhe lesen kann«, entgegnete sie grinsend. »Und weil man von hier aus das ganze Dorf im Blick hat.«

Oma Hertha lachte, dass die ganze Bank bebte. Im selben Moment ertönte das laute Motorengeräusch eines Traktors. Offensichtlich hatte Bauer Kunze sein Gefährt wieder zum Laufen gebracht. Kurz darauf tuckerte er auch schon vom Hof in Meggys Richtung. Meggy packte schnell das Buch in den Rucksack und sprang auf.

»Ich muss dann mal los, Oma Hertha«, rief sie und schwang sich auf ihr Fahrrad. Als Bauer Kunze an ihr vorbeifuhr, nahm sie sofort die Verfolgung auf. Oma Hertha blieb verdutzt auf der Bank zurück.

»Die Jugend von heute … «, murmelte sie nur und winkte Meggy hinterher. Doch die bekam davon nichts mehr mit.

»Hat der etwa einen Düsenantrieb in seinen Traktor eingebaut?«, schnaufte Meggy und radelte so schnell sie konnte hinter Bauer Kunze her. Und der nahm ausgerechnet Kurs auf die Scheune am Rande des Dorfes.

Kapitel 10

Droht der Bauer zu entfliehen, musst du alle Register ziehen

Meggy bekam Panik. Bauer Kunze schien tatsächlich zur Scheune fahren zu wollen, in der Alfons, Knolle und Lotte gerade die letzten Arbeiten am Boxring erledigten.

»Denk nach, Meggy – schnell!«, sagte sie zu sich selbst und hatte Mühe, hinter dem Traktor herzukommen, der mit Vollgas aus dem Dorf bretterte. Der kleine Anhänger, der am Traktor angekoppelt war, schwankte bedenklich hin und her.

Am Dorfrand bog Bauer Kunze auf den Feldweg ab, den die Halunken auch immer entlangfuhren, wenn sie zur Scheune wollten. Es gab keinen Zweifel: Alfons, Knolle, Lotte und der Boxring waren nun in akuter Gefahr. Der Weg machte hinter ein paar Bäumen einen großen Bogen. Wenn Meggy querfeldein über die Wiese rechts von ihnen fuhr, konnte sie Bauer Kunze den Weg abschneiden. Ohne viel nachzudenken, verließ sie den Feldweg und strampelte mit aller Kraft über das frisch gemähte Gras. Ihre Beine brannten vor Schmerz, aber sie dachte gar nicht daran aufzugeben. Bauer Kunzes Traktor schien nun auch zu beschleunigen und verschwand kurz hinter einigen Bäumen und Sträuchern aus ihrer Sicht. Meggy wurde von der holprigen Wiese

ordentlich durchgeschüttelt, und ihr altes Fahrrad klapperte so heftig, dass es jeden Moment auseinanderzufallen drohte. »Halt durch, alte Gurke!«, japste Meggy, und sie meinte damit sowohl das Fahrrad als auch sich selbst.

Endlich erreichte sie die Stelle, an der man auf den schmalen Weg zur alten Scheune abbiegen konnte. Meggy trat noch einmal mit aller Kraft in die Pedale und schoss mit einem Affenzahn von der Wiese. Mit einer gekonnten Vollbremsung, die Steine und Staub aufwirbeln ließ, hielt sie an. Meggy hatte Bauer Kunze tatsächlich überholt. Nun ging alles ganz schnell. Sie schmiss ihr Fahrrad auf den Feldweg und hockte sich daneben auf den Boden. Sie rieb sich etwas Dreck ins Gesicht und fasste sich dann mit übertrieben schmerzverzerrtem Gesicht an ihr linkes Bein. Kurz darauf tauchte der Traktor auch schon hinter ein paar Bäumen auf.

Als Bauer Kunze Meggy sah, hielt er neben ihr an und stoppte den lauten Motor.

»Alles klar bei dir?«, rief er ihr zu und verzog dabei keine Miene.

»Au, mein Bein!«, schluchzte Meggy, und sie schaffte es sogar, ein paar Tränen aus ihren Augen zu drücken. Das fiel ihr gar nicht schwer, denn ihre Beine taten ja tatsächlich vom vielen Strampeln fürchterlich weh.

Bauer Kunze dachte kurz nach. Dann schnaufte er und griff sich Meggys Fahrrad.

»Komm, ich fahre dich zurück ins Dorf!«, bot er ihr an und verstaute das Rad in dem kleinen Anhänger. »So kannst du unmöglich weiterfahren.«

»Oh, das ist ja wirklich sehr nett«, sagte Meggy und versuchte dabei so bemitleidenswert wie nur möglich zu klingen. »Aber Sie haben doch vermutlich Wichtigeres zu tun, oder?«

»Ach, egal. Ich wollte nur mal einen Blick in die alte Scheune da vorne werfen«, brummte er mürrisch. Er zeigte auf das windschiefe Gebäude, das Meggy nur allzu gut kannte. »Aber das kann ich auch morgen früh noch erledigen. Los, setz dich in den Anhänger.«

Meggy war erleichtert, denn genau das hatte sie erreichen wollen. Sie hievte sich umständlich auf die Ladefläche, sagte dabei ein paarmal »Aua« und wischte sich den dreckigen Schweiß von der Stirn. Dann brausten sie los. Der kühle Fahrtwind tat gut und die windschiefe Scheune wurde in der Ferne immer kleiner und kleiner.

Nachmittags um drei trafen sich die Halunken wie verabredet zu einer kurzen Lagebesprechung im Hauptquartier.

Alfons berichtete stolz, dass der Boxring nun fertig sei.

»Sehr gut!«, sagte Meggy und schaute nun Schorsch und Marius an. »Und wie läuft es bei euch?«

»Mein Muskelkater ist so gut wie weg, und nach den Dehnübungen, die Marius im Internet gefunden hat, bin ich nun so beweglich wie ein Gummiband!«, sagte Schorsch und fuchtelte mit seinen Armen und Beinen wild durch die Luft.

Marius nickte zustimmend. »Unser Ausnahmeathlet ist bereit für den Kampf. Er muss heute Abend nur noch eine große Portion Nudeln als Kraftfutter essen und dann kann sich Siggi Miesmann morgen warm anziehen!«

»Für eine große Portion Nudeln wäre ich auch zu haben«, sagte Knolle und rieb sich den Bauch, der so laut knurrte wie ein Hund, der eine Katze entdeckt hatte.

»Aber das Beste kommt jetzt«, sagte Marius stolz und holte das Umleitungsschild hervor.

Meggy und die anderen waren begeistert. »Das sieht total echt aus!«, sagte Knolle und hatte seinen knurrenden Magen vor lauter Staunen wieder vergessen.

»Ein wahres Kunstwerk«, sagte Meggy anerkennend. »Darauf fällt der Fahrer auf jeden Fall rein! Und danach wird es einen Ehrenplatz in unserem Quartier bekommen!«

Marius lächelte zufrieden. Seit er ein Teil der Heuhaufen-Halunken war, hatte er das Gefühl, dass das, was er konnte, endlich mal zum Einsatz kam und er gebraucht wurde. Und das war ein wirklich tolles Gefühl.

»Wie läuft es mit Bauer Kunze?«, wollte Alfons schließlich von Meggy wissen. »Kannst du ihn denn momentan überhaupt aus den Augen lassen?«

»Gute Frage«, sagte Meggy und rieb sich die Beine, die immer noch ein bisschen wehtaten. Dann berichtete sie den anderen Halunken von ihrer wilden Verfolgungsjagd. Die eine oder andere Stelle schmückte sie etwas aus und erzählte sie vielleicht dramatischer, als sie sich in Wirklichkeit zugetragen hatte. Alfons, Knolle, Lotte und Marius hörten ihr sprachlos und sichtlich beeindruckt zu.

»Das war ja dann Rettung in letzter Sekunde«, sagte Schorsch und war mal wieder begeistert von den genialen Einfällen seiner Schwester.

»Das heißt aber auch, dass Bauer Kunze sich spätestens morgen früh wieder auf den Weg zur Scheune machen wird«, erwiderte Marius.

»Richtig!«, bestätigte Meggy. »Und deshalb habe ich auch eine neue Aufgabe für dich. Dieses Mal sollst du kein Auto zum Laufen bringen, sondern einen Traktor zum Stillstand.«

Marius verstand kein Wort.

»Als ich heute Morgen am Dorfbrunnen saß, habe ich beobachtet, wie Bauer Kunze genervt an seinem geliebten Traktor rumgeschraubt hat. Das Ding hat irgendwie gemuckt, und er schien schon stundenlang damit beschäftigt gewesen zu sein, es wieder zum Laufen zu bekommen«, erklärte Meggy.

Marius schien zu kapieren. »Das heißt, wenn wir Bauer Kunze lahmlegen wollen, müssen wir einfach seinen Traktor lahmlegen«, brachte er es auf den Punkt.

»Ganz genau. Denn ohne den bewegt er sich nicht von seinem Hof. Oder hat irgendjemand von euch schon mal Bauer Kunze zu Fuß durchs Dorf laufen sehen?«

Die Halunken schüttelten die Köpfe.

»Meinst du, du kriegst das hin?« Meggy sah Marius erwartungsvoll an. Dieser zückte sein Smartphone und antwortete: »Kein Problem!«

Operation Fliegende Fäuste - Phase 4:

- Der Boxring ist fertig!
- Schorsch ist bereit!
- Das Umleitungsschild ist ebenfalls fertig und sieht super aus!

Problem:

Bauer Kunze darf auf keinen Fall vor dem Kampf die Scheune besuchen.

Lösung:

Marius wird Bauer Kunzes Traktor lahmlegen! Sobald es dunkel wird, werden Marius und Alfons zu Bauer Kunzes Hof gehen und die Sache erledigen!

Kapitel 11

Mit 'ner Fleischwurst im Gepäck, geht die Angst vor Hunden weg

Den Rest des Nachmittags ruhten sich die Halunken von der Arbeit aus. Die letzten Tage waren anstrengend gewesen und der wichtigste Teil des Plans lag am nächsten Tag noch vor ihnen. Dafür mussten sie fit und ausgeruht sein. Da Meggy Bauer Kunze nicht ganz traute, setzte sie sich sicherheitshalber wieder unter die Eiche am Dorfbrunnen. Nur für den Fall, dass Bauer Kunze seine Fahrt zur Scheune doch noch an diesem Tag erledigen wollte und nicht erst morgen.

Meggy hatte wieder ihr Buch dabei, dieses Mal jedoch nicht nur zur Tarnung. Nein, sie hatte Lust, mal wieder ein wenig zu lesen. Das Buch handelte von einem Jungen in

ungefähr ihrem Alter, der Meisterdetektiv war und knifflige Fälle löste. Dafür brauchte er immer wieder geniale Einfälle, und das gefiel Meggy so sehr, dass sie überlegte, später vielleicht Detektivin zu werden, falls das mit der Gangsterkarriere nicht klappen sollte.

Auf Bauer Kunzes Hof herrschte unterdessen Ruhe. Der Traktor stand vor dem Haus und Bauer Kunze schraubte mal wieder irgendetwas in seinem Werkstattschuppen zusammen. Seine Frau hängte geblümte Bettlaken auf der Wäscheleine im Garten auf und der Hofhund lag faul vor seiner Hundehütte und döste.

Die Sonne ließ sich hin und wieder zwischen ein paar Wolken blicken und wärmte die Herbstluft angenehm auf. Dümpelwalde zeigte sich an diesem Nachmittag von seiner schönsten Seite und diese Seite mochte Meggy wirklich sehr. Doch sie dachte auch daran, dass bald der Herbst mit all seiner Ungemütlichkeit kommen würde. Dem Wind, der ihnen die Blätter um die Ohren wehen würde, und dem Regen, der die Wege matschig werden ließ.

Dann würde in Dümpelwalde wieder die pure Langeweile herrschen, und Meggy würde von San Francisco träumen, wo die Sonne immer schien und die Gangster jeden Tag für Action sorgten.

Doch so weit war es zum Glück noch nicht. Und so lehnte sich Meggy gemütlich auf der Bank zurück und tauchte in spannende Detektivgeschichten ein.

Währenddessen suchte Marius im Internet nach Tipps, wie man einen Traktor lahmlegen konnte. Doch das war gar nicht so einfach. Reparaturvideos gab es ohne Ende, aber keine, die erklärten, wie man Traktoren zerlegte. Nach einer Weile gab er genervt auf. Er ließ sich auf das Sofa in Oma Herthas Wohnzimmer plumpsen und dachte nach. Dabei fiel ihm auf, dass alles, was er bisher für die Heuhaufen-Halunken gemacht hatte, aus dem Internet stammte. Im Sommer hatte er den alten Volvo mithilfe eines Online-Videos zum Laufen gebracht, der Trainingsplan und die Dehnübungen stammten aus dem Internet und selbst die Vorlage für das Umleitungsschild hatte er mithilfe seines Smartphones gefunden. Marius fand, dass es nun höchste Zeit für eigene Ideen war.

»Den Traktor erledige ich auf Marius-Art!«, dachte er grinsend und rieb sich die Hände.

Als es nach dem Abendessen draußen so richtig dunkel wurde, machten sich Marius und Alfons auf den Weg zu Bauer Kunzes Hof. Oma Hertha schaute gerade ihre Lieblings-Quizsendung im Fernsehen und bemerkte das Verschwinden der beiden Jungen nicht. Marius hatte sich Werkzeug, eine Taschenlampe, eine große Flasche Cola und einen Kringel Fleischwurst in seinen Rucksack gepackt.

»Willst du unterwegs ein Picknick machen?«, fragte Alfons verwundert.

»Quatsch!«, entgegnete Marius. »Du wirst schon sehen, wofür das Zeug gut ist.«

Die beiden schlichen im dämmrigen Licht der Straßenlaternen durchs Dorf. Dümpelwalde war nun wie ausgestorben. Kein Auto war unterwegs und an fast allen Häusern waren die Rollläden runtergelassen.

»Unglaublich«, staunte Marius. »In Berlin sind um diese Uhrzeit die Straßen immer noch proppenvoll.«

Alfons stimmte ihm zu. Auch wenn ihn die Großstadt manchmal nervte und er sich zurück nach Dümpelwalde sehnte, fand er es doch auch irgendwie toll, dass in Berlin so viel Leben herrschte. Es war einfach immer was los, es gab immer was zu sehen und die Stadt schien nie zu schlafen. Wenn man einen Traktor lahmlegen wollte, war es allerdings gut, wenn der ganze Ort schlief.

Die beiden Jungen erreichten schließlich den Hof von Bauer Kunze. Auch hier waren die Rollläden des Wohnhauses heruntergelassen. In zwei Zimmern blitzte das Licht durch ein paar Schlitze, der Rest war dunkel.

»Bleib du hier und behalte das Haus im Auge«, sagte

Marius. »Wenn sich jemand rührt, pfeifst du leise, und ich komme zurück.«

Alfons nickte. Er suchte sich eine Stelle hinter einer Mauer, die nicht vom Licht der Straßenlaternen beschienen wurde, und beobachtete das Geschehen.

Marius griff nach der Fleischwurst in seinem Rucksack, kletterte über das Hoftor und schlich sich Richtung Hundehütte. Sein Herz pochte wie wild, und als hätte er das Pochen gehört, streckte der alte Hofhund seinen Kopf aus der Hütte. Marius zuckte zusammen. Doch bevor der Hund anfangen konnte zu kläffen, warf ihm Marius schon die Wurst vor die Nase. Der Hund schien kurz zu überlegen, ob er trotzdem bellen sollte, entschied sich dann aber dafür, sich zuerst um die Leckerei zu kümmern. Da in Dümpelwalde selten etwas los war, war der Hund im Bewachen des Hofes vor Eindringlingen ohnehin nicht sehr geübt. Und da er von Bauer Kunze noch nie eine so leckere Wurst bekommen hatte, ließ er Marius nun auch in Ruhe seine Arbeit verrichten.

Als Alfons sah, wie Marius den armen Köter überlistete, musste er fast anfangen laut zu lachen. Er war sich sicher, dass dieser Trick auch bei Knolle funktionieren würde.

Plötzlich ging in einem der bisher dunklen Zimmer das

Licht an. Alfons wollte schon anfangen zu pfeifen, doch da es nach wenigen Sekunden wieder erlosch, blieb er erst mal ruhig.

Marius schlich sich unterdessen zum Traktor, der im hinteren Teil des Hofes stand. Dort war es vollkommen dunkel und es roch nach Rost, Diesel und vermodertem Holz. Marius kramte die Taschenlampe aus dem Rucksack und leuchtete den Motor des Fahrzeugs ab. In Windeseile und völlig planlos drehte er einige Schrauben locker und löste ein paar Kabel, die wichtig aussahen. Anschließend öffnete er den Tankdeckel und kippte die ganze Flasche Cola hinein.

Als er sich nach getaner Arbeit wieder an der Hundehütte vorbeischlich, schleckte sich der Hund zufrieden die letzten Fleischwurstreste von der Schnauze. Er blickte kurz zu Marius auf, und es schien fast so, als würde er ihn zum Abschied anlächeln. Marius winkte ihm kurz zu und kletterte über das Hoftor. Vermutlich hatte er an diesem Abend einen neuen Freund fürs Leben gewonnen.

»Hoffentlich bekommt der Traktor von der vielen Cola keinen Koffeinschock!«, scherzte Meggy kurz darauf am Telefon. »Und ich hoffe, der arme Köter bekommt von der vielen Wurst keine Bauchschmerzen!«, erwiderte Marius, und sie mussten beide lachen.

Marius hatte Meggy direkt angerufen, als er und Alfons nach erfüllter Mission wieder im Haus von Oma Hertha angekommen waren. Er hatte ihr erzählt, wie es bei Bauer Kunze gelaufen war, und Meggy war sehr zufrieden mit Marius' Arbeit. Der Arme würde eine ganze Weile brauchen, seinen Trecker wieder zum Laufen zu bringen.

Alles verlief nach Plan. Nur leider hatte Marius dabei völlig vergessen, für Mathe zu pauken. Als sein Vater ihn später nach seinen Lernfortschritten fragte, hatte er leider nicht viel zu berichten. Sein Vater war alles andere als begeistert gewesen, doch Marius versprach ihm hoch und heilig, am nächsten Tag die doppelte Menge zu lernen. Wenn die Halunken Siggi Miesmann und seine Jungs erst mal besiegt hatten, würde er auch wieder mehr Zeit fürs Pauken haben. Nur noch wenige Stunden und der Plan würde erfolgreich abgeschlossen sein. Es konnte eigentlich nichts mehr schiefgehen.

Kapitel 12

Ist's noch trocken früh am Morgen,
kann der Herbst für Schauer sorgen

Als Meggy und Schorsch am nächsten Morgen am Frühstückstisch saßen, hatten sie überhaupt keinen Appetit. Meggy vor Aufregung und Schorsch, weil er am Abend zuvor auf Marius' Anweisung hin drei riesige Portionen Nudeln verdrückt hatte. Seine Mutter hatte nicht schlecht gestaunt und vermutet, dass Schorsch gerade in einer Wachstumsphase steckte. Und irgendwie hatte sie damit ja auch recht. Schorsch wuchs gerade über sich hinaus, und er hatte überhaupt keine Angst vor dem Boxkampf gegen Siggi, der am Nachmittag auf ihn wartete. Ein bisschen wunderte er sich über sich selbst, aber er wusste einfach, dass er bestens vorbereitet war. Außerdem hatte er sich die halbe Nacht eingeredet, dass ein richtiger Boxchampion einfach keinen Bammel vor dem Gegner haben durfte.

Auf dem Weg zum Hauptquartier der Halunken machten Marius und Alfons einen Abstecher zum Hof von Bauer Kunze. Sie wollten sehen, ob dieser schon bemerkt hatte, dass etwas mit seinem Traktor nicht stimmte. Schon von Weitem konnten sie sein Geschimpfe hören.

»Immer hat man Ärger mit diesem Mistding«, brüllte er und hantierte mit einem mächtigen Schraubenschlüssel am Motor des Traktors herum. Er war so in seine Arbeit und in seine Wut vertieft, dass er die beiden Jungen gar nicht bemerkte. Kunzes Hofhund jedoch kam fröhlich an den Zaun gehüpft, als er Marius entdeckte.

»Heute habe ich leider keine Wurst dabei«, flüsterte Marius. Er kraulte dabei das borstige Fell des Hundes und damit gab sich dieser auch schon zufrieden. Vermutlich wurde er nicht allzu oft gestreichelt.

Als Bauer Kunze immer wütender schimpfte, machten sich Marius und Alfons aus dem Staub. Sie wollten auf keinen Fall, dass er irgendeinen Verdacht schöpfte.

»Gibt es Neuigkeiten von unserem armen, kranken Traktor?«, fragte Meggy, als die beiden Jungen im Hauptquartier eintrafen.

»Der macht keinen Mucks!«, berichtete Marius.

»Ganz im Gegensatz zu seinem Besitzer«, fügte Alfons hinzu.

»Gut«, sagte Meggy und machte sich ein paar Notizen in ihrem Notizbuch. »Dann läuft ja alles weiterhin nach

Plan.« Sie gab nun noch letzte Anweisungen für den Tag und besprach mit Knolle und Lotte, wo sie am Nachmittag am besten das Umleitungsschild aufstellen konnten.

Schorsch bekam die schwere Aufgabe, sich bis zum Boxkampf so wenig wie möglich zu bewegen, um seine Kräfte aufzusparen. Das ließ er sich nicht zweimal sagen. Er lehnte sich entspannt auf dem Sofa zurück und legte die Beine hoch.

»Dann brauche ich aber auch noch einen Assistenten, der mich den ganzen Tag bedient«, lachte er und sah dabei Marius erwartungsvoll an.

»Kannste vergessen«, erwiderte dieser und gab ihm einen Klaps auf die Schulter.

»Hey, sei vorsichtig mit unserem wertvollen Topathleten«, scherzte Meggy, wurde dann aber sofort ernst. »Wir müssen heute hochkonzentriert arbeiten, damit auch wirklich alles klappt.«

Zur gleichen Zeit wurde in 300 Kilometern Entfernung ein monströser Mähdrescher von zwei ölverschmierten Männern auf den Anhänger eines Sattelschleppers verladen. Anschließend versuchte der Fahrer des Lastwagens, den

Zielort seiner bevorstehenden Fahrt in sein Navigationsgerät einzugeben.

»Wie heißt das Kaff noch mal? Tümpeldingsbums ...«, brummte er vor sich hin und tippte mit seinen riesigen Fingern auf dem winzigen Bildschirm des Navis herum.

»Dümpelwalde, du Vollpfosten!«, korrigierte ihn sein Kollege.

»Dümpel, Tümpel, Gerümpel ... was macht das für'n Unterschied?«, nölte der Fahrer und pulte sich einen Wurstrest aus einer Zahnlücke. »*Arsch der Welt* trifft's wohl besser!«

Kurz darauf setzte sich der Laster mit lautem Brummen in Bewegung. Wenn nichts dazwischenkam, würden sie ihr Ziel in knapp viereinhalb Stunden erreichen.

Dass etwas dazwischenkam, dafür sollten Knolle und Lotte sorgen.

Das große Umleitungsschild auf dem kleinen Gepäckträger von Knolles Fahrrad zu befestigen, war gar nicht so einfach. Es stand links und rechts ein ganzes Stück über, und es war schwer, damit das Gleichgewicht zu halten. Vor allem, weil Knolle auch noch einen riesigen Rucksack auf dem Rücken trug, der so mit Essen vollgestopft war, dass die Nähte zu platzen drohten. Meggy schüttelte fassungslos den Kopf, als sie ihn in wackligen Schlangenlinien vom Hof fahren sah. Lotte hingegen hatte nur ein Kuscheltier auf ihrem Gepäckträger und sauste fröhlich hinter dem schwerbepackten Knolle her. Bis nach Bröckelbach waren es knapp zehn Kilometer, und Meggy machte sich plötzlich Sorgen, ob Knolle das wirklich schaffte.

»Verhungern wird er auf jeden Fall nicht«, sagte Alfons und schwang sich ebenfalls auf sein Fahrrad. Er wollte bei der alten Scheune am Dorfrand nach dem Rechten sehen und noch eine Glocke am Boxring befestigen, mit der man die Kampfrunden einläuten konnte.

Er hatte sie aus dem Wohnzimmer von Oma Hertha gemopst. Die Glocke hatte dort neben einem altmodischen Gemälde gehangen, auf dem eine Berglandschaft und ein paar Kühe abgebildet waren.

Schorsch hatte es nicht lange ausgehalten, untätig auf dem Sofa rumzuliegen. Er hatte Marius schließlich überreden können, sich mit ihm auf seinem Laptop ein paar Boxvideos anzusehen. Vielleicht konnte er sich so ja noch den ein oder anderen Trick abschauen.

Meggy blieb alleine im Hauptquartier zurück. Nur noch

wenige Stunden, und es würde sich zeigen, ob ihr Plan tatsächlich funktionierte. Die letzten Tage waren für alle sehr aufregend und anstrengend gewesen, und das alles nur, weil Meggy sich am letzten Schultag mit Siggi Miesmann angelegt hatte. Ihr wurde klar, was für eine besondere Bande die Heuhaufen-Halunken waren. Wenn einer von ihnen Probleme hatte, halfen alle anderen mit. Schorsch, Alfons, Knolle, Lotte und Marius waren nicht nur die besten Halunken, sie waren auch die besten Freunde, die sich Meggy vorstellen konnte.

Den Gedanken daran, dass Alfons und Marius schon in eineinhalb Wochen zurück nach Berlin fahren mussten, schob sie ganz schnell beiseite. Stattdessen holte sie sich eine Flasche Apfelsaft aus dem Kühlschrank, machte es sich auf dem Sofa gemütlich und genoss die herrliche Ruhe, die ausnahmsweise mal in ihrem Hauptquartier herrschte. Ein Gangsterboss durfte sich schließlich auch mal eine Pause gönnen, dachte sie. Doch leider war die Ruhe nur von kurzer Dauer. Draußen hatten sich in der Zwischenzeit nämlich mächtige schwarze Wolken gebildet und innerhalb von Minuten begann es wie aus Eimern zu gießen.

Kapitel 13

Sind deine Knie schlapp wie Brei,
brauchst du zwei Freunde oder drei

Knolle und Lotte waren gerade mal drei Kilometer gefahren, als der heftige Regen einsetzte. Sie suchten unter einer riesigen Eiche Schutz, die etwas abseits der Hauptstraße nach Bröckelbach stand. Der Herbst hatte die Blätter des alten Baumes bisher zum Glück verschont gehabt und so hielt das dichte Blätterwerk die meisten Regentropfen ab. Zur Beruhigung kramte Knolle erst mal ein belegtes Brötchen mit Salami und Ei aus seinem Rucksack. Darauf hatte er sich ohnehin schon seit der Abfahrt gefreut. Er biss herzhaft hinein, doch als er einen Blick auf das Umleitungsschild warf, blieb ihm der Bissen sofort im Halse stecken. Das

Pappschild hing wie ein nasses Handtuch auf seinem Gepäckträger und gelbe Farbe tropfte auf den Boden.

»Auch das noch!«, schmatzte er und versuchte sofort zu retten, was noch zu retten war. Vorsichtig klopfte er die dicken Tropfen von der aufgeweichten Pappe und tupfte dann mit einem Taschentuch, das Lotte ihm reichte, die nassen Stellen ab. Viel Farbe war zum Glück noch nicht verlaufen, aber das Schild sah ziemlich mitgenommen aus.

»Wären wir doch mit dem Bus gefahren!«, schimpfte Knolle und stopfte sich aus lauter Frust das komplette Salamibrötchen in den Rachen. Meggy hatte gemeint, dass es zu auffällig gewesen wäre, mit einem gefälschten Umleitungsschild Bus zu fahren. Nun hatten sie den Salat. Zu allem Übel regnete es nun immer heftiger und an eine Weiterfahrt war erst mal nicht zu denken. Außerdem schmerzten Knolles Beine und er fröstelte. Lotte klammerte sich an ihr Kuscheltier und fing an zu weinen. Ein Schokoriegel aus Knolles Rucksack hob ihre Stimmung aber ganz schnell wieder.

Zwanzig Minuten später waren die dicksten Wolken endlich verzogen und der Regen hatte aufgehört. Zwei weitere Brötchen, eine Banane und eine halbe Tüte Gummibärchen hatten Knolle neue Kraft gegeben und ließen ihn seine schmerzenden Beine vergessen.

»Jetzt müssen wir uns aber beeilen!«, sagte er und schob sein Fahrrad zurück auf die Hauptstraße. »Wir haben viel Zeit verloren und es ist noch ein ganz schönes Stück bis nach Bröckelbach.«

Um zwei Uhr machten sich Meggy, Schorsch und Marius auf den Weg zur Scheune. Alle drei waren ziemlich aufgeregt, denn in einer Stunde würde der große Kampf beginnen. Schorschs entspannte Stimmung vom Morgen war mittlerweile auch verflogen. Die Videos, die er sich mit Marius angeschaut hatte, hatten ihn ziemlich aufgewühlt. Er hatte nämlich gesehen, wie etliche Boxer k. o. zu Boden gegangen waren und anschließend aus dem Ring getragen werden mussten. Was, wenn er doch nicht so gut vorbereitet war, wie er dachte, oder wenn Siggi Miesmann in der Zwischenzeit ebenfalls hart trainiert hatte? Bisher hatte er sich immer nur vorgestellt, wie es sich wohl anfühlen würde, als Sieger aus dem Ring zu steigen. Doch nun sah er sich in Gedanken k.o. auf dem Boden liegen und das ließ ein unangenehm mulmiges Gefühl in seinem Magen entstehen. Sein eben noch so leichter Rucksack, in dem sich nur seine Boxhandschuhe befanden, hing nun schwer wie Blei auf seinem Rücken. Auf was hatte er sich hier nur eingelassen?

Das ungute Gefühl verschlimmerte sich sogar noch, als sie wenig später in der Scheune ankamen und er den Boxring erblickte. Auf diesen Brettern würde er vermutlich in einer Stunde liegen und um Gnade winseln. Seine Knie wurden weich und sein Gesicht wurde immer blasser.

»Alles klar bei dir?«, fragte Meggy besorgt, als Schorsch auf einem der alten Stühle zusammensackte.

»Nichts ist klar«, stammelte er. »Meine Knie sind weich wie Pudding und meine Arme fühlen sich an wie zwei Strohhalme.«

Meggy hockte sich vor ihn auf den Boden und sah ihm ernst ins Gesicht.

»Vor dem ersten Kampf ist das völlig normal«, sagte sie sanft. »Und weißt du was? Das ist sogar gut so.«

Schorsch sah seine Schwester fragend an. »Wofür soll das denn bitte gut sein?«

»Es schützt dich davor, überheblich zu sein. Du bist bestens vorbereitet und topfit. Und dein Körper sagt dir nun, dass du den Kampf nicht auf die leichte Schulter nehmen solltest. Du musst konzentriert sein und Respekt vor deinem Gegner haben. Versuche deine Angst in Kraft und Mut umzuwandeln!«

Meggy wunderte sich selbst über ihre Worte, die irgendwie so erwachsen klangen. Aber vielleicht wuchs ja auch sie gerade über sich hinaus. Sie war die Anführerin der Heuhaufen-Halunken und hatte die Verantwortung für ihre Bande. Sie schmiedete die Pläne, und sie sagte, was zu tun war. Und mit jedem Mal wurde sie besser darin. Außerdem war sie die große Schwester von Schorsch. Als sie sah, dass das Gesicht ihres Bruders langsam wieder eine normale Farbe annahm, drückte sie ihn und sagte: »Hab keine Angst. Glaub an dich! Ich tu's auf jeden Fall!«

»Wir auch!«, stimmten Alfons und Marius zu, die ebenfalls bei Schorsch hockten.

Eine Weile saßen sie so schweigend beieinander, und Schorsch spürte, wie die Worte seiner Freunde ihm neue Kraft verliehen. Der Pudding in seinen Knien verschwand und seine Arme verwandelten sich von wackeligen Strohhalmen in dicke, starke Äste.

»Danke, Leute!«, sagte er schließlich und schlug seine Fäuste gegeneinander. »Ich mach mich dann mal warm und danach wird Siggi sein blaues Wunder erleben!«

Um zwanzig vor drei erreichten Knolle und Lotte völlig fertig das Ortsschild von Bröckelbach, hinter dem sich auch die Abzweigung nach Gähndorf befand. Sie hatten unterwegs noch ein paar Zwischenstopps eingelegt, weil Knolles Magen immer wieder zu knurren angefangen hatte, und auch jetzt, am Ziel ihrer Fahrradtour, verspürte Knolle einen ordentlichen Hunger. Doch zum Essen blieb nun absolut keine Zeit. Denn nur wenige Augenblicke, nachdem Knolle und Lotte von ihren Fahrrädern gestiegen waren, konnte man deutlich das Brummen eines Lastwagens hören, das immer lauter wurde.

Panik stieg in Knolle auf, denn er hatte sich noch gar keine Gedanken darüber gemacht, wie sie das Pappschild überhaupt aufstellen sollten. Und mit fast leerem Magen konnte er auch nicht klar denken.

Ohne zu zögern, schob Lotte ihr Fahrrad mitten auf die Hauptstraße, klemmte das aufgeweichte Umleitungsschild geschickt zwischen ihren Lenker, die Pedale und den Sattel und brüllte: »Los, schnell, wir müssen uns verstecken!«

In letzter Sekunde sprangen die beiden in den Straßengraben und beobachteten den riesigen

Transporter, der hinter ein paar Häusern auftauchte und direkt auf Lottes Fahrrad zufuhr.

Im Führerhaus des Transporters stritten sich die beiden ölverschmierten Männer über das Radioprogramm.

»Jetzt schalt endlich wieder den Schlagersender ein, du Dumpfbacke!«, brüllte der Fahrer mit hochrotem Kopf.

»Dieses Gejaule kann ich nicht mehr hören«, beschwerte sich sein Mitfahrer, der sich gerade eine Dose Cola geöffnet hatte und nun wie wild auf den Knöpfen des Radios herumdrückte. »Guck du lieber auf die Straße, sonst landen wir noch im Graben!«

Als aus den Lautsprechern schrille Gitarrenklänge dröhnten, lehnte sich der Beifahrer zufrieden in seinen Sitz zurück und nahm einen kräftigen Schluck.

»Wenn du dieses Geklampfe nicht sofort ausmachst, kannst du den Rest des Weges zu Fuß gehen!«, grölte der Fahrer, als er im letzten Moment ein eigenartiges Umleitungsschild vor sich auf der Straße sah.

»Auch das noch!«, jammerte er und riss das Lenkrad seines Lasters so heftig herum, dass sich sein Beifahrer die halbe Dose Cola auf seine Hose kippte. Der Lastwagen bog mit quietschenden Reifen in Richtung Gähndorf ab und der Mähdrescher auf der Ladefläche geriet bedenklich ins Schwanken.

Der Streit, der nun im Inneren des Lastwagens entbrannte, sorgte dafür, dass sich die beiden Männer keinerlei Gedanken darüber machten, dass sie aufgrund eines aufgeweichten Umleitungsschildes abgebogen waren, das an einem Kinderfahrrad angebracht war. Und so rauschte der Transporter wie von den Halunken geplant in Richtung Gähndorf und verschwand kurz später aus der Sicht von Knolle und Lotte.

»Das war knapp!«, sagte Knolle erleichtert und griff sofort nach seinem Rucksack. Nach dieser Aufregung brauchte er erst mal was zu essen.

Wenig später bekam Bauer Kunze einen Anruf des Lastwagenfahrers. Die Lieferung des Mähdreschers würde sich wegen einer Umleitung um etwa eine Stunde verzögern. Diese Nachricht kam Bauer Kunze ganz gelegen, denn er war immer noch verzweifelt damit beschäftigt, seinen geliebten Traktor zum Laufen zu bringen.

Kapitel 14

Kocht ein Stier vor lauter Wut,
brauchst du Schnelligkeit und Mut

»Wie spät ist es?«, fragte Alfons und lief unruhig in der Scheune hin und her.

»Immer noch zwei Minuten vor drei«, antwortete Meggy genervt, weil Alfons nun schon zum hundertsten Mal nach der Uhrzeit gefragt hatte. »Wieso bist du eigentlich so aufgeregt?«

»Ach, ich weiß auch nicht. Irgendwie traue ich diesem Siggi Miesmann einfach nicht. Was, wenn er gar nicht kommt und er und seine Jungs doch einen eigenen Racheplan ausgetüftelt haben?«

»Er wird schon kommen«, beruhigte ihn Meggy. »Sich

mit Schorsch zu prügeln, wird er sich ganz bestimmt nicht nehmen lassen, weil er denkt, dass er ihn ohne Probleme besiegen kann.«

»Und da denkt er falsch!«, fügte Schorsch hinzu, der im Boxring letzte Dehnübungen machte und nun motiviert bis in die Haarspitzen war.

Marius stand draußen vor der Scheune und hielt nach Siggi und seinen Leuten Ausschau. Auch er war mittlerweile ziemlich aufgeregt. Die Vorstellung, dass gleich hinter ihm in der Scheune ein Boxkampf stattfinden würde, bescherte ihm ein unangenehmes Kribbeln im Bauch. In seiner Schule in Berlin gab es zwar auch immer mal wieder kleine Prügeleien, aber aus denen hatte er sich bisher grundsätzlich rausgehalten. Aber was, wenn es heute Nachmittag nicht bei einem Boxkampf blieb, sondern sich die ganze Sache zu einer Schlägerei zwischen den Heuhaufen-Halunken und Siggis Jungs entwickelte? Marius wusste ja mittlerweile nur zu gut, dass sich Dorfkinder gerne prügelten. Zumindest die, die er bisher kennengelernt hatte. Aber er wusste auch, dass er im Falle eines Falles seine Bande nicht im Stich lassen würde. Wenn es nötig wäre, würde auch er sich prügeln. Aber er hoffte inständig, dass es gar nicht so weit kam.

Plötzlich hörte er aus der Ferne Stimmen, die immer lauter wurden. Und dann sah er sie: Siggi und seine Jungs!

»Sie kommen!«, rief Marius hinter sich Richtung Scheune. »Und sie sehen gefährlich aus!«

»Was bist du denn für eine gegelte Witzfigur?«, spottete Siggi Miesmann, als er Marius vor der Scheune stehen sah. »Und wo sind denn Meggy und ihre Kuhfladen-Halunken?«

Siggis Jungs grölten und lachten und Marius' kribbliges Gefühl wurde immer heftiger. Diese Burschen sahen allesamt wirklich gefährlich aus. Unter den Augen hatten sie sich schwarze Striche gemalt, einer trug ein Nietenarmband, und ein anderer hatte so dreckige Klamotten an, dass man die ursprüngliche Farbe seines T-Shirts nur erahnen konnte. Da er im Gesicht ein wenig Ähnlichkeit mit Siggi hatte, ging Marius davon aus, dass es sein Bruder Robbi sein musste.

»In dieser Bruchbude findet nun also unser kleines Kämpfchen statt?«, fragte Siggi und rüttelte heftig am Scheunentor.

»W-w-w-wir müssen hinten reingehen«, stotterte Marius und zeigte in Richtung des losen Brettes an der Scheunenrückseite.

Als sich Siggi Miesmann durch die Öffnung in der Wand gequetscht hatte und Meggy erblickte, verfinsterte sich sein Gesicht.

»Da sind wir – pünktlich um drei!«, raunte er.

»Toll, hätte nämlich nicht gedacht, dass einer von euch Dumpfbacken schon die Uhr kann«, spottete Meggy und setzte dabei ihren berüchtigten Gangsterblick auf.

»Na, du hast ja schon wieder 'ne ganz große Klappe«, entgegnete Siggi und stemmte die Fäuste in die Seite. »Aber wie heißt es so schön: große Klappe, nichts dahinter. Oder warum schickst du sonst dein kleines Brüderchen vor, um gegen mich zu kämpfen?«

In Meggy brodelte es, und für einen Moment dachte sie tatsächlich daran, sich auf Siggi zu stürzen und ihn selbst zu vermöbeln. Doch Alfons hielt sie zurück.

»Lass dich nicht provozieren, bleib bei unserem Plan«, flüsterte er ihr zu. Sie atmete tief durch und versuchte sich zu beruhigen.

Als Siggi den Boxring hinter Meggy sah, staunte er nicht schlecht.

»Das muss man euch lassen: Basteln könnt ihr!« Er ging eine Runde um den Ring und sah sich das Bauwerk genauer an. »Aber so viel Mühe hättet ihr euch gar nicht machen brauchen, denn den Hampelmann da oben erledige ich in null Komma nichts.« Er zeigte auf Schorsch, der immer noch ganz gelassen mit seinen Dehnübungen beschäftigt war.

»Quatsch nicht so viel und komm lieber zu mir nach oben!«, sagte Schorsch mit fester Stimme. »Oder hast du etwa Angst?«

Siggis Jungs, die inzwischen auch in die Scheune geklettert waren, raunten. Sie wussten, dass Angst ein Fremdwort für ihren Anführer war.

»Gebt mir die Handschuhe!«, befahl Siggi, und sein Bruder Robbi kramte drei Paar gestrickte Fausthandschuhe mit Schneeflockenmuster aus einer verblichenen Plastiktüte.

Schorsch musste lachen. »Hat dir die deine Omi gestrickt?«, spottete er und schlug seine Boxhandschuhe kampfeslustig aneinander.

Meggy war über Schorschs Mut erstaunt. Vor nicht mal einer halben Stunde saß er noch wie ein Häufchen Elend neben ihr. Und nun konnte man meinen, dass Kuno Hammerstein persönlich dort oben im Boxring stand. Ihre Worte hatten wohl gewirkt und Schorschs Angst hatte sich in eine große Portion Mut verwandelt.

»Dein kleines Brüderchen weiß wohl nicht, mit wem er es hier zu tun hat!«, sagte Siggi und sah Meggy verärgert an. »Aber du hast es ja nicht anders gewollt!«

Er zog die drei Paar Handschuhe übereinander, rotzte abfällig auf den Scheunenboden und kletterte in den Boxring.

Im selben Moment hörte man draußen ein mächtiges Stimmengewirr. Anschließend rüttelte jemand heftig am Scheunentor.

»Das wird doch wohl nicht Bauer Kunze sein!«, sagte Alfons erschrocken und warf einen Blick durch einen Spalt nach draußen. Es war nicht Bauer Kunze, sondern eine große Schar Kinder, die erwartungsvoll vor der Tür stand.

»Da sind ja endlich unsere Zuschauer«, posaunte Siggi Miesmann und wandte sich zum Scheunentor. »Ihr müsst hinten reinkommen!«

Meggy verstand kein Wort. Doch kurz darauf kletterten 22 Kinder durch die Bretterluke in die Scheune. Sie stammten aus den umliegenden Dörfern und hatten offensichtlich von Siggi von dem Kampf erfahren.

»Alle sollen heute sehen, welche Bande in der Gegend zukünftig das Sagen hat«, brüllte Siggi und streckte triumphierend eine Faust in die Luft. Meggys Gangsterblick wurde nun noch finsterer.

Siggi Miesmann hatte aus einem kleinen Schulhofstreit eine große Sache gemacht und wollte nun allen zeigen, dass man sich nicht mit ihm anlegen sollte. Sicherlich kam die Idee mit den Zuschauern von seinem Bruder Robbi. Doch Meggy war das nur recht. Alles oder nichts. So lief das nun mal bei Gangstern. Und gleich würde sich entscheiden, welchen Teil die Heuhaufen-Halunken dabei abbekamen.

Die Kinder der umliegenden Dörfer standen nun erwartungsvoll um den Boxring herum.

Schorsch ließ sich von dem unerwarteten Publikum nicht einschüchtern. Im Gegenteil. In einem seiner alten Zeitungsartikel hatte Kuno Hammerstein in einem Interview erzählt, dass das Publikum immer eine besondere Motivation für ihn war. Je mehr Menschen zusahen, umso größer wurde sein Wille zu siegen. Und genau das empfand Schorsch nun auch! Er sah Siggi Miesmann fest in die Augen und konnte kaum erwarten, dass der Kampf begann.

Marius wollte den beiden Boxern noch ein paar Regeln erklären, doch Siggi befahl ihm, die Klappe zu halten. »Schluss mit dem Gefasel, lass uns endlich loslegen!«

Die Menge jubelte zustimmend, der Kampf konnte beginnen.

Alfons läutete noch schnell mit der Glocke die erste Runde ein und verfolgte dann mit Meggy und Marius das Geschehen vom

linken Rand aus. Auf der gegenüberliegenden Seite des Boxrings standen Siggis Jungs und fingen nun an zu grölen wie eine Horde betrunkener Piraten.

Schorsch positionierte seine Boxhandschuhe schützend vor seinem Gesicht und tippelte über den Boden wie ein Tänzer. Das hatte er sich von einem Internetvideo abgeschaut, doch Siggi Miesmann konnte darüber nur lachen. »Du hättest dich beim Ballett anmelden sollen!«, spottete er

und ballte seine Fäuste. Er stürmte auf Schorsch zu, doch dieser wich ihm geschickt aus.

»Seine Beinarbeit ist perfekt!«, flüsterte Marius Meggy zu, deren skeptischer Blick nicht verbergen konnte, dass sie Angst um ihren Bruder hatte.

Mit groben Hieben versuchte Siggi Miesmann immer wieder Schorsch zu erwischen, doch der tänzelte um ihn herum und wartete auf den perfekten Augenblick für einen Angriff.

»Jetzt bleib endlich mal stehen, du aufgedrehter Hanswurst!«, brüllte Siggi, und auch die Zuschauer wurden langsam ungeduldig.

»Hau ihn endlich um«, brüllte Robbi, und seine Kumpels stimmten mit ein. »Ja, mach das Würstchen endlich kalt!«

Das Rumgetänzel von Schorsch und das Grölen seiner Kumpels ließen Siggi vor Wut kochen. Genau das wollte Schorsch erreichen, denn ein wütender Gegner wird leichtsinnig. Und dann geschah es: Siggi rannte mit hochrotem Kopf und erhobenen Fäusten auf Schorsch zu und brüllte wie ein wilder Stier. Schorsch sah, dass Siggi seine Deckung aufgab, machte einen geschickten Hopser nach links und holte mit voller Kraft aus. Seine rechte Faust schnellte auf

Siggis Gesicht zu, doch dieser konnte im letzten Moment seine linke Hand zum Schutz vor seine Nase halten. Mit einem dumpfen Knall trafen Schorschs rechte und Siggis linke Hand aufeinander. Meggys Herz machte einen Hüpfer und die Menge hielt den Atem an. Es war, als würde alles in Zeitlupe ablaufen. Siggi Miesmann taumelte mit schmerzverzerrtem Gesicht zu Boden. Schorsch wusste nicht, wie ihm geschah. Er blickte überrascht auf seine rechte Hand, so als könnte er selbst nicht glauben, zu was sie imstande war.

Für einen Moment war es totenstill in der Scheune. Siggi krümmte sich auf dem Boden und wimmerte. Marius sprang schnell in den Ring und zählte bis zehn. Da sich Siggi nicht erhob, sondern nun sogar erbärmlich zu heulen anfing, verkündete Marius: »K. o. in der ersten Runde!«

Die Zuschauer waren völlig verwirrt. Was war hier gerade geschehen? Der von allen gefürchtete Siggi Miesmann wurde von Meggys kleinem Bruder Schorsch mit einem Schlag umgehauen? Auch Meggy und Alfons standen sprachlos am Ring und verstanden die Welt nicht mehr. Erst als Marius Schorschs Arm in die Luft hob und ihn zum Sieger kürte, löste sich die angespannte Stimmung, und die Menge toste vor Begeisterung. Und obwohl Meggy immer noch nicht kapierte, was hier vor sich ging, sprang sie in den Ring und umarmte ihren Bruder.

Auch Robbi kletterte in den Ring und stürmte zu dem heulenden Siggi.

»Was ist los mit dir?«, brüllte er seinen Bruder an, der sich gerade vor allen Kindern der Gegend lächerlich gemacht hatte.

Siggi zog schluchzend die drei Handschuhe von seiner linken Hand und zeigte auf einen leuchtend roten Knubbel an seinem kleinen Finger.

»Der Kerl hat mein Hühnerauge voll erwischt«, krächzte er. »Das brennt wie Feuer!«

»Bitte was?«, schrie Robbi empört und schlug die Hände über dem Kopf zusammen.

Doch bevor er sich weiter über seinen sonst so starken Bruder aufregen konnte, öffnete sich plötzlich die Scheunentür.

»Was in aller Welt ist denn hier los?«, brüllte eine Stimme, die Meggy nur allzu gut kannte.

Kapitel 15

Bevor ein Freund das Dorf verlässt, feiert man ein schönes Fest

So wütend wie in diesem Moment hatte Meggy Bauer Kunze noch nie erlebt. Er stand mit hochrotem Kopf in der Scheunentür, hatte die Hände in die Hüften gestemmt und schnaubte fürchterlich. Siggi rappelte sich auf, und weil er ahnte, dass nun Unheil folgte, flüchtete er mit Robbi und den restlichen Jungs durch die Luke in der Bretterwand. Die Kinder der umliegenden Dörfer taten es ihnen gleich. Innerhalb weniger Augenblicke waren alle verschwunden. Nur Meggy, Schorsch, Alfons und Marius blieben zurück. Sie wussten, dass es mächtig Ärger geben würde. Da half auch wegrennen nichts.

Nun entdeckte Bauer Kunze den Boxring in der Scheunenmitte.

»Was hat das hier alles zu bedeuten?«, brüllte er und sah Meggy an. Meggy zuckte zusammen, und als Bauer Kunze vor lauter Wut gegen den Boxring trat, bereute sie es, dass sie nicht auch abgehauen waren.

»Wir räumen das wieder auf!«, entgegnete sie, doch Bauer Kunze schien mit dieser Antwort nicht zufrieden zu sein.

Wie ein aufgescheuchtes Huhn wirbelte er durch die Scheune, trat erneut gegen den Boxring und stieß irgendwelche unverständlichen Schimpfereien aus.

»Sind Sie Friedemann Kunze?«

Ein ölverschmierter Mann erschien nun in der Scheunentür und sah Bauer Kunze fragend an. Den großen Lastwagen, der hinter ihm stand, hatten weder der Bauer noch die Halunken in all dem Trubel bemerkt. Offensichtlich hatte der Transporter für die Umleitung über Gähndorf deutlich weniger als eine Stunde gebraucht.

»Ja wer denn sonst?«, blaffte Bauer Kunze zurück.

»Na, mal nicht so unfreundlich, mein Guter!«, sagte der Lkw-Fahrer und zeigte auf den Mähdrescher auf dem Anhänger. »Wir haben Ihnen was Schönes mitgebracht.«

»Ich bin nicht Ihr Guter!«, brüllte Bauer Kunze. Er war immer noch stinksauer und wandte sich nun wieder an Meggy. »Das Ganze hier wird ein Nachspiel haben, ihr Gören. Und nun seht zu, dass ihr den ganzen Mist hier rausschafft!«

Nun kam auch der Kollege des Fahrers hinzu und mischte sich in die Sache ein.

»Blöken Sie diese armen Kinder doch nicht so an!«, schimpfte er und zeigte Bauer Kunze einen Vogel.

»Arme Kinder? Dass ich nicht lache!«, erwiderte der Bauer. »Dieses Pack hier hat allem Anschein nach einen illegalen Boxkampf in meiner Scheune veranstaltet!«

Der Beifahrer erblickte den Boxring und bekam große Augen. »Habt ihr den gebaut?«, fragte er Meggy, die zustimmend nickte. Der Mann sprang in den Ring und begann wild mit den Fäusten zu fuchteln. »Ich hab als Jugendlicher auch geboxt und wäre fast mal Kreismeister geworden!«

»Ja, nur leider warst du zum Boxen so talentiert wie ein Stück Weißbrot!«, witzelte der Lkw-Fahrer.

»Ach ja? Dann komm doch rauf, du aufgeblasener Gockel! Dann wirst du schon sehen!«, entgegnete sein Kollege.

»Wenn ich ein aufgeblasener Gockel bin, dann bist du ein …«

»Ruhe!«, unterbrach sie Bauer Kunze, dessen Geduld nun am Ende war. Seine Nerven lagen blank. Er hatte stundenlang damit zugebracht, seinen Traktor wieder zum Laufen zu bekommen. Dann musste er feststellen, dass in seiner Scheune ein Boxring errichtet wurde, und nun hatte er es offensichtlich auch noch mit zwei Hohlbirnen zu tun, die sich stritten, anstatt endlich seinen Mähdrescher abzuladen. Er atmete tief durch und versuchte, sich zu beruhigen.

»Ihr habt zehn Minuten Zeit, diesen Plunder aus meiner Scheune zu räumen«, sagte er zu Meggy. »Und heute Abend werde ich mich mit euren Eltern unterhalten.«

Die beiden ölverschmierten Männer halfen den Kindern und nur kurze Zeit später war das Gebäude leergeräumt. Die Bestandteile des Boxrings lagen ordentlich aufgestapelt neben der Scheune und nichts deutete mehr darauf hin, dass hier gerade ein äußerst wichtiges Ereignis stattgefunden hatte.

Während die beiden Männer anschließend Bauer Kunzes Mähdrescher vom Lkw luden und in der Scheune unterstellten, machten sich Meggy, Schorsch, Alfons und Marius mit dem Bollerwagen auf den Heimweg.

Sie waren müde und der Wutausbruch von Bauer Kunze

hatte sie ziemlich eingeschüchtert. Doch je weiter sie sich von der Scheune entfernten, umso klarer wurde ihnen, was sie heute erreicht hatten.

Als sie wenig später im Hauptquartier der Halunken ankamen, rollten auch Knolle und Lotte mit ihren Fahrrädern auf den Hof.

»Wie ist es gelaufen?«, keuchte Knolle und ließ sich völlig erschöpft aufs Sofa fallen. Auch Lotte konnte sich nicht mehr auf den Beinen halten und schmiss sich in einen Heuhaufen.

»Schorsch hat Siggi mit einem Schlag k.o. gehauen!«, berichtete Meggy.

»Ist nicht wahr, oder?«, rief Knolle und schaute Schorsch mit großen Augen an.

»Doch, genau so war es!«, antwortete er, und mit einem Mal brach es aus den Heuhaufen-Halunken heraus. Sie jubelten und tanzten, so als hätten sie alle gerade erst erfahren, was geschehen war. Die Anspannung war nun weg und schlug in eine unbändige Freude um. Meggys Plan hatte mal wieder funktioniert und die Heuhaufen-Halunken hatten tatsächlich gesiegt.

Am Abend bekamen Meggys und Schorschs Vater wie

angekündigt einen unangenehmen Anruf von Bauer Kunze. Dieser hatte so laut ins Telefon gebrüllt, dass sowohl Meggys Mutter als auch die beiden Kinder jedes Wort verstanden, obwohl sie sich im Nachbarzimmer aufhielten. Nachdem er aufgelegt hatte, rieb sich Meggys Vater das Ohr, das von dem Gebrülle sichtlich schmerzte. Stinksauer hielt er den Kindern anschließend einen energischen Vortrag über das Respektieren fremden Eigentums und das richtige Verhalten in einer Dorfgemeinschaft.

Meggys Mutter sah das alles etwas entspannter. Schließlich seien gerade Ferien und Kinder bräuchten Platz zum Spielen. Außerdem sei Meggys Vater früher auch nicht besser gewesen – er denke nur an all die Geschichten, die Oma Hertha immer erzählte. Den *Schreck von Dümpelwalde* habe man ihn genannt. Auch hätten die Kinder wieder aufgeräumt und es sei ja niemand wirklich zu Schaden gekommen. Und dass Bauer Kunze immer etwas übertrieb, sei nun wirklich auch kein Geheimnis.

Deshalb schlug Meggys Mutter vor, zum Ende der Herbstferien in der nächsten Woche ein kleines Hoffest zu veranstalten, zu dem sie auch Bauer Kunze und seine Frau einladen wollte. Als kleine Entschädigung sozusagen.

Und weil so ein Hoffest eine Menge Arbeit machte, sollten Meggy und Schorsch bei den Vorbereitungen mit anpacken. Selbstverständlich erklärten sich auch die anderen Halunken dazu bereit mitzuhelfen.

Und so kam es, dass die Heuhaufen-Halunken in der zweiten Ferienwoche Äpfel schälten, Einladungen bastelten, den Hof fegten und allerlei Arbeiten übernahmen, die für das Fest anfielen. Marius brachte den Kunzes sogar persönlich eine Einladung vorbei. Immerhin hatte er sich ja mit deren Hofhund angefreundet. Bauer Kunze hatte die Einladung wortlos entgegengenommen. Er sah immer noch ziemlich sauer aus und Marius konnte das inzwischen sogar verstehen. Immerhin war es ja seine Scheune, die die Halunken belagert hatten, und die Sache mit dem kaputten Traktor ging ja auch auf ihre Rechnung. Aber vielleicht hatte Meggys Mutter ja recht und ein Fest würde die Stimmung des Bauern wieder etwas heben.

Das Hoffest wurde dann auch wirklich wunderschön. Der Herbst hatte sich mit herrlich mildem Wetter von seiner besten Seite gezeigt und Meggys Mutter hatte ihr rollendes

Apfelcafé auf dem Hof aufgebaut. Alles war liebevoll geschmückt, und die Leckereien, die auf den Tischen standen, sahen einfach köstlich aus. Neben den Kunzes waren auch Oma Hertha, Knolles Eltern, Lottes Mutter und Marius' Vater eingeladen, der zur Überraschung aller sogar Alfons' Eltern mitgebracht hatte.

Nach ein paar Stück Kuchen wurde sogar Bauer Kunze überraschend freundlich und erzählte den anderen stolz von seinem neuen Mähdrescher.

Marius hatte wegen der Sache mit Bauer Kunzes Traktor mittlerweile ein so schlechtes Gewissen bekommen, dass er die gute Laune des Bauern nutzte, um ihm zu beichten, dass er sein Gefährt mit Cola im Tank lahmgelegt hatte.

»Ich weiß, dass du das warst«, sagte Bauer Kunze ruhig. »Meine Frau hat dich an dem Abend aus dem Fenster beobachtet.«

Marius hatte vermutet, dass Bauer Kunze einen riesigen Ausraster bekommen würde, aber nun saß er ihm gegenüber und lächelte ihn an. »Und Sie sind gar nicht sauer auf mich?«, fragte Marius sicherheitshalber nach.

»Jetzt nicht mehr«, sagte Bauer Kunze und zeigte auf das Glas Cola, das neben ihm stand.

In der braunen Limo schwamm Marius' Smartphone, das er kurz zuvor auf den Tisch gelegt hatte.

»Ist mir eben ganz aus Versehen da reingefallen«, erklärte Bauer Kunze und lächelte übertrieben unschuldig. »Jetzt sind wir quitt, würde ich sagen.«

Marius fischte sein Gerät sofort schimpfend aus der klebrigen Brühe und wischte es schnell mit einer Serviette ab. Dass das Smartphone eines der neuesten Generation und somit wasserdicht war, sagte er Bauer Kunze nicht. Sollte dieser doch ruhig glauben, dass er Marius eins ausgewischt hatte. Marius war einfach nur froh, dass die Sache endlich vom Tisch war.

Und während sich die Erwachsenen über Landmaschinen, Kuchenrezepte und das Wetter unterhielten, verzogen sich die Heuhaufen-Halunken in ihr Quartier und bereiteten sich auf den Abschied vor. Alfons und Marius würden am späten Abend zurück nach Berlin fahren und das nächste große Abenteuer der Heuhaufen-Halunken war damit abgeschlossen. Meggy war mal wieder unglaublich stolz auf ihre Bandenmitglieder. Sie hatten vor den Augen aller Kinder aus der Gegend die Miesmann-Zwillinge besiegt und jeder der Halunken hatte dafür alles gegeben. Doch besonders stolz war sie auf Schorsch. Ihr kleiner Bruder war nun nicht länger klein. Er hatte mehr Mut bewiesen als sie alle zusammen. Wenn man es genau nahm, hatte er dieses Mal sogar Meggy beschützt. Es fühlte sich gut an, so einen Bruder zu haben. Und es fühlte sich ebenso gut an, Freunde zu haben, auf die man zählen konnte. Meggy, Schorsch, Alfons, Knolle, Lotte und Marius würden auch in Zukunft noch viele Pläne schmieden und gemeinsam durch dick und dünn gehen, denn schließlich waren sie die Heuhaufen-Halunken!

Sven Gerhardt, 1977 in Marburg geboren, wäre selbst gerne ein Halunke geworden, hat sich dann aber doch dazu entschlossen, seinen Lebensunterhalt mit ehrlicher Arbeit zu verdienen. Nach einigen Jahren in der Werbebranche arbeitet er heute als Grafiker und Autor. Ein schön gestaltetes Kinderbuch mit lustigen Illustrationen und einer tollen Geschichte ist für ihn das Größte. Seine Frau und seine drei Kinder – die übrigens nicht die geringste Ähnlichkeit mit den Heuhaufen-Halunken haben – sehen das ebenso.

Vera Schmidt studierte Kommunikationsdesign in Augsburg und arbeitete anschließend in einer großen Werbeagentur in Frankfurt a. M. Dann folgte sie ihrem Herzen und machte sich 2004 als Illustratorin selbstständig. Sie liebt es, Ideen und Geschichten in Bilder zu verwandeln, Charaktere und neue Welten zu erschaffen und erfreut sich an wunderschönen, schrägen kleinen Dingen und Situationen. Ihre Illustrationen wurden in Kinderbüchern, Schulbüchern, Kalendern, auf Webseiten und vielem mehr veröffentlicht.

Sven Gerhardt

Die Heuhaufen-Halunken

Die Heuhaufen-Halunken

Band 1, 160 Seiten,
ISBN 978-3-570-17389-3

Die Heuhaufen-Halunken – Volle Faust aufs Hühnerauge
Band 2, 160 Seiten,
ISBN 978-3-570-17419-7

Die Heuhaufen-Halunken – Gülleduft und Großstadtmief
Band 3, 160 Seiten,
ISBN 978-3-570-17505-7

Die Heuhaufen-Halunken – Rache ist Süßkram
Band 4, 160 Seiten,
ISBN 978-3-570-17581-1

Witzige Bandenabenteuer mit Bullerbü-Feeling

Die Heuhaufen-Halunken, das sind Meggy, ihr Bruder Schorsch, Knolle, Alfons, Marius und die kleine Lotte.
Sie haben es faustdick hinter den Ohren und schmieden in ihrem Bandenquartier in der alten Scheune jede Menge verrückter Halunken-Pläne.
Vor allem aber können sie sich immer aufeinander verlassen, denn dafür sind beste Freunde schließlich da!

10404_4

www.cbj-verlag.de

Sven Gerhardt

Mister Marple und die Schnüfflerbande

Wo steckt Dackel Bruno?
Band 1, 160 Seiten,
ISBN 978-3-570-17643-6

Die Erdmännchen sind los
Band 2, 160 Seiten,
978-3-570-17737-2

Auf frischer Tat ertapst
Band 3, 160 Seiten
978-3-570-17785-3

Ein Hamster gibt alles!
Band 4, 160 Seiten
978-3-570-17818-8

Die Schnüfflerbande, das sind Theo, Elsa und Hamster Mister Marple. Ihre Spezialität sind »tierische Angelegenheiten« aller Art, was nicht zuletzt Mister Marple zu verdanken ist, der für diese Fälle ein besonders feines Spürnäschen hat. Auch wenn Theo und Elsa total unterschiedlich sind, halten sie immer fest zusammen und können so fast jeden Fall lösen.

Rüdiger Bertram

An ihrem zehnten Geburtstag schlägt Zora die Augen auf und da sitzt es: Dieter, das Stinktier. Ihr Totemtier, das sie von nun an überallhin begleiten wird. Zora ist entsetzt, denn Dieter ist vorlaut, verfressen und eingebildet. Außerdem haben andere in ihrer Klasse richtig coole Tiere. Bis auf zwei. Leon und Anna, die mit Ratte Jasper und Faultier Paula zu den Außenseitern zählen. Höchste Zeit, das zu ändern, beschließt Dieter, der zwar frech, aber auch ziemlich verschmust und zudem äußerst einfallsreich sein kann, wenn es darum geht, Zora zu beschützen. Und so gründen die Freunde den »Club der doofen Tiere« und das bedeutet tierischen Spaß, bis es den anderen gewaltig stinkt.

Stinktier & Co – Gegen uns könnt ihr nicht anstinken
Band 1, 208 Seiten,
ISBN 978-3-570-17338-1

Stinktier & Co – Stunk in der Geisterbahn
Band 2, 208 Seiten,
ISBN 978-3-570-17398-5

Stinktier & Co – Stunk unterm Weihnachtsbaum
Band 3, 208 Seiten,
ISBN 978-3-570-17487-6

10381_3

cbj

www.cbj-verlag.de